L'Étranger

이방인

초판 1쇄 인쇄 2014년 3월 25일
초판 1쇄 발행 2014년 3월 30일

지은이 알베르 카뮈 | **옮긴이** 북트랜스 | **펴낸이** 신경렬 | **펴낸곳** (주)더난콘텐츠그룹

상무 강용구 | **기획편집부** 차재호 · 민기범 · 남은영 · 성효영 · 윤현주 · 서유미 | **디자인** 서은영 · 박현정
마케팅 견진수 · 김대두 · 서영호 | **교육기획** 함승현 · 양인종 · 지승희 · 이소정 · 구본중
디지털콘텐츠 홍영기 · 최정원 · 박진혜 | **관리** 김태희 · 김이슬 | **제작** 유수경 | **물류** 김양천 · 박진철
기획 추지영

출판등록 2011년 6월 2일 제25100-2011-158호 | **주소** 121-840 서울특별시 마포구 양화로 12길 16
전화 (02)325-2525 | **팩스** (02)325-9007
이메일 book@ibookroad.com | **홈페이지** http://www.ibookroad.com
ISBN 979-11-85051-52-9 04800

The Classic Books

이방인

알베르 카뮈

북로드

—
**차
례**
—

제1부

1

오늘 엄마가 돌아가셨다. 아니, 어제였나? 양로원으로부터 전보를 받았다.

"어머니 사망, 내일 장례식. 삼가 조의를 표함."

전보만으로는 알 수 없다. 아마 어제였는지 모른다.

양로원은 알제에서 80킬로미터 떨어진 마랭고에 있다. 오후 2시 버스를 타면 해 지기 전에 도착할 것이다. 그러면 오늘 밤을 새우고 내일 저녁에는 돌아올 수 있으리라. 사장에게 이틀간 휴가를 달라고 부탁했다. 명확한 사유가 있었으니 사장은 거절할 수 없었다. 그러나 별로 내키지 않은 기색을 보이기에 나는 이런 말을 덧붙이고 말았다.

"제 탓이 아니지 않습니까?"

사장은 아무 대꾸도 하지 않았다. 그제야 나는 괜한 말을 했구나 싶었다. 굳이 변명할 필요가 없는 일인데 말이다. 오히려 사장이 나에게 조의를 표해야 하지 않는가. 장례식을 끝내고 모레쯤 상장을 달고 나타나면 그때 어떤 인사든 하겠지. 지금은 왠지 엄마가 세상을 떠나기 전이나 별다른 게 없다. 장례식을 치르고 나서야 명확한 사실로 굳어져 격식을 갖추게 되리라.

나는 2시 버스에 올라탔다. 몹시 후덥지근한 날이었다. 늘 그렇듯 나는 셀레스트네 식당에서 점심을 먹었는데, 식당 사람들이 안됐다며 매우 슬퍼했다.

셀레스트는 나에게 이런 말을 했다.

"누구나 어머니는 단 한 분뿐인데."

식당 사람들 모두 문 앞까지 나와서 나를 배웅해주었다. 나는 엄마의 장례를 치르러 가면서도 아무 생각이 없었다. 버스를 타러 가는 도중에 에마뉘엘의 집에 들러 검은색 넥타이와 상장을 빌렸으니 말이다. 몇 달 전 에마뉘엘의 삼촌이 돌아가셨던 것이다.

버스를 놓칠세라 나는 얼른 뛰어갔다. 급하게 뛰었던 데다 덜컹거리는 버스, 휘발유 냄새, 도로와 하늘에 반사되는 햇빛, 그 모든 것 때문에 나는 꾸벅꾸벅 졸았다. 버스에서 나는 계속 잤다. 문득 눈을 뜨니 내가 어떤 군인의 어깨에 머리를 기대고 있었다. 군인은 씩 웃으며 멀리서 오는 길이냐고 물었다. 나는 더 얘기하고 싶지 않아서 "네."라고 대답하고 말았다.

양로원은 마을에서 2킬로미터 정도 떨어진 곳에 있었다. 나는 그곳까지 걸어갔다. 나는 도착하자마자 엄마를 볼 생각이었는데, 수위가 한사코 원장부터 만나야 한다는 것이었다. 원장은 바쁜 일이 있어서 곧바로 만날 수 없었다. 나는 잠시 기다리는 동안 수위와 이야기를 나눴다.

마침내 나는 원장을 만났다. 그는 원장실에서 나를 맞이했다. 키가 자그마한 노인은 레지옹도뇌르 훈장을 달고 있었다. 그는 또렷한 눈빛으로 나를 쳐다보았다. 그러고는 악수를 했는데, 내 손을 계속 잡고 놓지 않는 터에 어떻게 손을 빼내야 할지 몰랐다. 원장은 먼저 서류를 넘겨보더니 말했다.

"뫼르소 부인은 3년 전에 여기 들어오셨어요. 부양할 가족이라고는 당신뿐이었고요."

나를 꾸짖는 것 같아서 내 사정을 설명하려고 했다. 그러나 그는 내 말을 자르며 말했다.

"굳이 변명하지 않아도 됩니다. 서류를 보니 당신도 어머니를 돌볼 형편이 못 되더군요. 얼마 안 되는 당신 급료로는 어머니를 돌봐줄 사람을 쓸 수도 없고……. 아무튼 당신 어머니는 이곳에 계신 게 더 나았어요."

"그건 맞습니다, 원장님."

내 말에 그가 덧붙였다.

"아시다시피 이곳에는 어머니 또래 친구들이 있으니까요. 그들과 지난 얘기도 할 수 있고요. 아무래도 젊은 자식과 살자면 많이 심심하고 쓸쓸했을 겁니다."

사실 그랬다. 나와 함께 살 때 엄마는 대부분의 시간을 별말 없이 나만 쳐다보며 보냈다. 양로원에 들어가고 처음 며칠은 많이 우셨다. 그러나 그것은 오랜 습관 때문이었다. 몇 달 지나 양로원에서 나가자고 했으면 그때도 우셨으리라. 역시나 오랜 습관으로. 엄마가 세상을 떠나던 해에 엄마를 거의 보러 가지 않은 이유 중에는 그것도 조금은 있었다. 더구나 버스 정류장까지 가서 차표를 사고 2시간이나 차를 타고 가야 하는 번거로움은 차치하더라도 일요일 하루를 통째로 허비해야 하기 때문이기도 했다.

원장은 계속 말했다. 그러나 그의 말이 귀에 들어오지 않았다. 그가 말했다.

"어머니를 뵙고 싶으시죠?"

나는 아무 대답도 하지 않고 그를 따라 일어나 방문을 나섰다. 그가 층계참으로 들어서면서 말했다.

"작은 빈소를 따로 마련해 어머니의 시신을 모셔두었습니다. 다른 사람들이 동요하지 않도록 말이에요. 여기에서 누군가 죽으면 며칠 동안은 다른 사람들 신경이 예민해져서 여간 힘든 게 아니랍니다."

안뜰로 들어서자 노인들이 많이 모여 있었다. 두세 명씩 무리를 지어 이야기를 나누던 노인들은 우리를 보고는 입을 다물었다가 우리가 지나가고 나서야 다시 입을 열었다. 마치 재재거리는 앵무새 같았다. 어느 작은 건물 출입문 앞에 이르자 원장이 말했다.

"그럼 나는 이만 가보겠습니다. 뫼르소 씨, 나를 만나고 싶으면 언제든지 사무실로 오세요. 장례식은 아침 10시로 정해져 있습니다. 밤새울 것을 염두에 둔 것이지요. 그리고 한 가지 드릴 말씀이 있는데, 어머니께서 평소에 여기 계신 친구분들께 자신의 장례식은 종교장으로 하면 좋겠다는 얘기를 하셨다더군요.
준비는 다 해놨는데, 알고 계시라고 미리 말씀드리는 겁니다."

나는 원장에게 고맙다고 인사했다. 엄마는 무신론자까지는
아니었지만, 그렇다고 딱히 종교를 가져본 적도 없었다.

나는 안으로 들어갔다. 하얗게 회벽질을 하고 채광창을 달아
굉장히 밝은 방이었다. 방에는 의자와 X자 모양의 받침틀이 놓
여 있었다. 방 한가운데 있는 2개의 받침틀 위에 뚜껑이 덮인
관이 가로놓여 있었다. 호두 기름으로 칠한 관 뚜껑에 완전히
박히지 않은 나사못만 유독 도드라져 보였다. 관 곁에는 무어인
여자 간호사가 있었다. 그녀는 하얀 제복 차림에 짙은 색 수건
을 머리에 쓰고 있었다. 그때 수위가 따라 들어왔다. 그는 뛰어
온 게 분명했다. 그가 더듬더듬 말했다.

"벌써 입관했는데, 보셔야 할 테니 나사못을 풀어드리죠."

그러면서 관 앞으로 가려는 그를 내가 말렸다. 그러자 그가
말했다.

"안 보시려고요?"

"네."

내 대답에 수위는 그만 입을 다물고 말았다. 나는 괜한 말을

했다 싶어 난감했다. 조금 뒤 수위가 나를 보며 말했다.

"왜 안 보시려는 거죠?"

비난하는 투는 아니었다. 그냥 물어보는 것뿐인 듯했다.

"글쎄, 나도 잘 모르겠네요."

내가 대답했다.

그러자 그는 나를 처다보지도 않고 희끗한 콧수염을 배배 꼬아 올리면서 말했다.

"하긴 뭐, 이해합니다."

옅은 푸른색 눈동자에 선한 눈빛을 가진 그의 얼굴이 조금 붉어졌다. 그는 나한테 의자에 앉으라고 하고는 자기도 조금 떨어져 앉았다. 간호사가 일어나 문간으로 걸어가는 것을 보더니 수위가 말했다.

"종기 때문에 그래요."

나는 무슨 말인가 하고 간호사를 처다보았다. 그녀는 눈 밑에서부터 머리까지 붕대를 칭칭 감고, 심지어 코까지 붕대를 싸매 그 부위가 평평했다. 그녀의 얼굴에서는 하얀색 붕대밖에 보이지 않았다. 간호사가 방을 나가자 수위가 말했다.

"혼자 계시는 게 낫겠지요?"

그런데 내가 어떤 몸짓을 했는지 그가 나가지 않고 내 뒤에 서 있었다. 누군가 내 등 뒤에 서 있다는 것이 여간 불편하지 않았다. 해가 저물어가자 아름다운 석양빛이 방 안을 가득 채웠다. 말벌 두 마리가 유리창에 부딪치며 윙윙거렸다. 설핏 졸음이 몰려왔다. 나는 수위를 쳐다보지도 않고 말했다.

"여기 오래 계셨습니까?"

"5년 됐습니다."

그가 곧바로 대답했다. 마치 내가 그렇게 물어보기만을 기다린 것처럼. 그러더니 수다를 늘어놓기 시작했다. 누군가 그에게 마랭고 양로원에서 평생 수위로 살다 죽을 거라고 말했다면 그는 깜짝 놀랐을 것이다. 그는 올해 자기 나이가 예순네 살이며 파리 출신이라는 것이었다. 그때 나는 그의 말을 가로채서 말했다.

"그렇군요. 이 고장 분이 아니셨군요?"

문득 원장실로 가기 전에 그가 엄마의 장례식에 대해 이야기했던 말이 떠올랐다. 그는 하루라도 빨리 매장하는 것이 좋다고 말했다. 이곳은 평지의 기온이 높기 때문이라는 것이었다. 그때 그는 파리에 살았고, 그곳을 결코 잊을 수 없다고도 했다. 파리에서는 사흘까지 매장하지 않는 경우도 있지만 이곳에서는 죽음을 채 실감하기도 전에 장의차를 따라가야 한다는 것이었다. 그러자 그의 아내가 말했다.

"이분한테 그런 얘기를 뭐 하러 해요?"

영감은 낯을 붉히며 미안하다고 했다. 나는 얼른 끼어들어 말했다.

"별말씀을요. 괜찮습니다."

나는 그의 말이 웬만큼 일리 있고 흥미롭다고 생각했다.

작은 빈소에서 그는 자기가 극빈자로 양로원에 들어오긴 했지만 일할 만큼 건강하다 싶어 자청해서 수위 일을 한다고 말했다. 내가 어쨌든 당신도 재원자 아니냐고 물었다. 그러자 그는 아니라고 대답했다. 그는 재원자들을 '그들' 혹은 '저들'이라고 불렀고, 가끔은 '늙은이들'이라고 하는 말을 듣고 나는 적잖이 놀랐다. 양로원에는 수위보다 나이가 더 적은 사람들도 있었는데 말이다. 물론 수위는 그들과 다르기는 했다. 그는 수위의 자격으로 웬만큼 그들에게 권한을 행사할 수 있었던 것이다.

그때 간호사가 다시 들어왔다. 갑작스레 어스름해지더니 곧 창문이 컴컴해졌다. 수위가 스위치를 켜는 순간 갑자기 불빛이 쏟아져 눈앞이 캄캄할 정도로 눈이 부셨다. 수위가 식당으로 가서 저녁 식사를 하고 오라고 했다. 내가 별로 먹고 싶지 않다고 하자 그는 카페오레를 한 잔 가져다주겠다고 했다. 나는 카페오레를 굉장히 좋아했다. 그래서 나는 그렇게 해달라고 말했다. 조금 있으니 그가 쟁반을 들고 들어왔다. 커피를 마시자 담배 생각이 간절했다. 그러나 엄마의 시신을 앞에 두고 담배를 피워도 될지 어떨지 판단이 서지 않아 머뭇거렸다. 하지만 곰곰이 생각해보니 그건 중요한 문제가 아니었다. 나는 담배 한 개비를 꺼내 수위에게 권하고 나도 한 개비 입에 물고 함께 피웠다.

갑자기 그가 입을 열었다.

"당신 어머니의 친구들이 빈소에 와서 밤을 지새울 겁니다. 그게 관례거든요. 의자와 커피를 가져다 놓아야겠어요."

나는 전등 하나만 끄면 안 되겠냐고 물었다. 하얀 벽에 반사되는 불빛 때문에 눈이 아팠던 것이다. 수위는 안 된다고 했다. 다 켜든지, 아니면 다 꺼야 한다는 것이었다. 그러고 나서 나는 그에게 관심을 두지 않았다.

그는 밖으로 나갔다가 들어와 의자를 배열했다. 그리고 의자 하나에 커피 주전자를 놓고 그 둘레에 찻잔들을 포개 늘어놓았다. 그러고는 엄마의 시신이 놓인 관 맞은편으로 가더니 나와 마주 보이는 자리에 앉았다. 간호사는 안쪽 구석에 앉아 있었다. 등을 돌리고 있어서 그녀가 무엇을 하는지는 보이지 않았다. 그러나 팔놀림으로 보아 뜨개질을 하고 있다는 것을 알 수 있었다. 방 안이 아늑한 데다 커피까지 마셔서 몸이 따뜻했다. 열린 창문으로 밤기운과 꽃향내가 풍겨왔다. 나는 깜박 졸았던 듯했다.

뭔가 스치는 소리를 듣고 나는 퍼뜩 잠이 깼다. 감고 있던 눈을 뜨자 불빛이 더욱 눈부셨다. 그림자라고는 없이 모든 물건이며 모서리 하나, 굴곡 하나까지 눈을 찌를 듯 또렷이 보였다. 그때 엄마의 양로원 친구들이 들어왔다. 10명 남짓한 그들은 말없이 눈부신 불빛 속으로 조용히 들어오더니 삐거덕거리는 소리도 전혀 내지 않고 의자에 앉았다. 나는 사람들의 모습을 그때처럼 자세히 본 적이 없다. 얼굴이며 옷차림, 아주 작은 몸짓 하나까지 눈에 들어왔다. 그들은 현실이라고 생각되지 않을 정도로 너무 조용했다.

여자들은 거의 모두 앞치마를 두르고 허리끈을 조여 매서 그렇잖아도 나온 배가 더욱 불룩했다. 나는 늙은 여자들의 배가 그처럼 불룩하게 나온 것을 처음 보았다. 한편 남자들은 대부분

깡마른 체격에 지팡이를 짚고 있었다. 그들의 얼굴을 보는 순간 나는 놀랐다. 눈은 보이지 않고 쪼글쪼글한 주름 한가운데 흐릿한 빛만 보였던 것이다. 의자에 앉은 그들은 일제히 나를 보며 부자연스럽게 고개를 끄덕했다. 이가 빠져 합죽한 입술 때문에 나에게 인사를 하는 것인지, 아니면 그저 습관적인 몸짓인지는 알 수 없었다. 그러나 아무래도 나에게 인사를 한 것 같았다. 나와 마주 보이는 자리에 수위를 둘러싸고 앉은 그들은 연신 고개를 끄덕이고 있었다. 그 모습을 보는 순간 어이없게도 나는 그들이 나를 심판하러 온 것이 아닌가 하는 생각이 들었다.

조금 있으니 어떤 여자가 흐느끼기 시작했다. 그 여자는 둘째 줄에 앉아 있었기 때문에 앞줄에 앉은 여자에게 가려 보이지는 않았다. 그녀는 규칙적으로 낮게 흐느끼는 소리를 냈다. 내가 보기에 그녀는 영영 울음을 멈추지 않을 것 같았다. 그러나 다른 사람들에게는 그 소리가 들리지 않는 듯했다. 그들은 기운 없고 우울한 표정으로 말없이 앉아 있었다. 모두 관이나 지팡이, 아니면 다른 무엇이든 오직 한 가지만 뚫어지게 바라보고 있었던 것이다. 여자는 계속 흐느꼈다. 전혀 모르는 여자가 그렇게 울고 있다는 사실에 나는 적잖이 놀랐다. 그만 울음을 그

쳤으면 했지만 그런 말을 할 수도 없는 노릇이었다. 수위가 그녀에게 다가가 몸을 숙이고 무슨 말을 속닥였다. 그러나 그녀는 고개를 저으며 뭐라고 중얼거리고는 다시 규칙적인 흐느낌을 되풀이했다. 수위가 나에게 다가와 옆자리에 앉았다. 그는 한참을 묵묵히 있더니 나를 돌아보지도 않고 말했다.

"저분은 당신 어머니와 각별히 친하게 지냈다는군요. 이 양로원에서 당신 어머니가 유일한 친구였는데, 이제 그 친구를 잃었으니 자기는 혼자가 되었다는 거예요."

우리는 한동안 그렇게 앉아 있었다. 여자의 한숨과 흐느낌 소리가 시나브로 뜸해지더니, 몇 번 훌쩍이다가 마침내 울음을 그쳤다. 나는 졸리지는 않았지만 피곤하고 허리가 아팠다. 그리고 이 어색한 사람들의 침묵이 나를 힘들게 했다. 단지 가끔씩 뭔지 모를 이상한 소리가 들렸을 뿐이었다. 나중에야 몇몇 노인들이 입속으로 볼을 빨아서 그처럼 이상한 소리를 낸다는 것을 알았다. 정작 자신들은 그런 소리가 나는지도 모르는 듯했다. 각자 깊은 생각에 골몰해 있었기 때문이리라. 앞에 놓인 시신조차 그들에게는 아무 의미 없는 듯 느껴졌다. 하지만 지금 생각해보면 내가 잘못 생각한 것 같다.

거기 모인 사람들 모두 수위가 따라 주는 커피를 마셨다. 그 다음 일은 전혀 기억나지 않는다. 그렇게 밤을 새웠다. 한 번 눈을 떴을 때 보니 노인들 모두 몸을 옴츠리고 앉은 채 잠들어 있었다. 그중 한 노인이 지팡이를 그러쥐고 손등에 턱을 괸 채 나를 뚫어져라 쳐다보고 있었다. 마치 내가 깨기만을 기다렸다는 듯이. 나는 또다시 잠이 들었다. 그리고 허리 통증을 느끼며 눈을 떴다. 유리창으로 날이 밝아오는 것이 보였다.

조금 뒤 잠에서 깬 노인 하나가 기침을 심하게 해댔다. 그는 바둑무늬의 큰 손수건에 가래를 뱉었는데, 내가 보기에는 뱉는 게 아니라 뽑아내는 듯했다. 그는 다른 사람들을 깨웠고, 수위는 이제 출발해야 한다고 알려주었다. 힘들게 밤샘을 하느라 사람들 얼굴은 잿빛으로 변해 있었다. 놀랍게도 그들은 방을 나가면서 내 손을 잡고 악수를 했다. 서로 한 마디도 주고받지 않았지만 밤을 지새우는 동안 친근감이 더욱 두터워지기라도 했다는 듯이 말이다.

나는 피곤했다. 나는 수위를 따라 그의 방으로 가서 간단히 세수를 했다. 그리고 맛있는 카페오레를 또 한 잔 마셨다. 밖으로 나오니 날이 완전히 밝아 있었다. 바다를 가로막고 있는 언덕 위 하늘이 붉게 물들고 있었다. 소금기 섞인 바닷바람이 그 언덕 너머로 불어왔다. 아름다운 하루의 시작이었다. 나는 야외로 나가본 지도 꽤 오래되었다. 그래서 엄마만 아니면 산책하기 얼마나 좋을까 하는 생각이 들었다.

나는 안뜰의 플라타너스 나무 밑에서 기다렸다. 산뜻한 자연의 향기를 맡아서인지 졸음이 싹 가셨다. 직장 동료들이 떠올랐다. 회사에 출근하려고 자리에서 일어날 시각이었다. 나는 늘 이 시각이 가장 힘들었다. 이런 생각에 잠겨 있던 나는 갑자기 건물 안에서 울리는 종소리에 퍼뜩 정신이 들었다. 한동안 창문 안쪽이 시끄럽더니 얼마 있다가 조용해졌다. 해는 더욱 높이 떠올라 내 발등이 뜨거워지기 시작했다. 수위가 안뜰을 가로질러 오더니 원장이 부른다고 알려주었다. 나는 원장실로 갔다. 그리고 원장이 지시하는 대로 몇 가지 서류에 서명했다. 그는 줄무늬 바지에 검정색 윗옷을 입고 있었다. 그가 수화기를 손에 든 채로 말했다.

"방금 장의사 인부들이 도착했습니다. 관을 덮기 전에 마지막으로 한 번 더 어머니를 보시지 않겠습니까?"

나는 보지 않겠다고 말했다.

원장은 목소리를 낮춰 수화기에 대고 말했다.

"뭐자크, 그 사람들에게 일을 시작하라고 이르게."

원장이 장례식에 참석하겠다고 하기에 나는 고맙다고 인사했다. 그는 짧은 다리로 가위다리를 하고 책상 앞에 앉았다. 그리고 자기와 나, 담당 간호사만 장례식에 참석할 거라고 했다. 양로원 사람들은 장례식에 참석하지 않는 게 원칙이라는 것이었다. 그 대신 시신 곁에서 하룻밤을 새운다고 했다.

"인정상 그래야죠."

그가 덧붙였다. 그러나 이번에는 엄마와 각별한 사이였던 남자 친구 한 사람이 묘지까지 따라갈 거라고 했다. '토마 페레'라는 노인인데 특별히 허락했다는 것이다. 그러고는 원장이 싱긋 웃으며 말했다.

"좀 아이 같은 감상이죠. 그 사람과 당신 어머니는 떨어져 있을 때가 없이 늘 붙어 다녔어요. 양로원 사람들 모두 페레 씨한테 '당신 약혼자'라고 웃으며 놀리곤 했죠. 두 사람은 그렇게 말하는 것을 좋아했답니다. 그러니 당신 어머니가 세상을 떠나 얼마나 슬프겠어요? 그래서 장례식에 참석하게 해달라는 부탁을 거절할 수 없었던 겁니다. 하지만 의사가 밤샘은 하지 않는 것이 좋다고 해서 어젯밤에 그건 못하게 했습니다."

원장과 나는 꽤 오래 입을 다물고 있었다. 원장은 일어나 창밖을 내다보더니 문득 말했다.

"마랭고의 사제님이 오셨네. 벌써 오시다니 부지런도 하시지."

그는 마을 성당까지 가려면 아무리 못해도 45분은 걸릴 거라고 나에게 말했다. 우리는 아래층으로 내려갔다. 빈소 건물 앞에 사제와 복사(服事) 아이 둘이 서 있었다. 사제가 향로를 들고 있는 한 아이 앞으로 허리를 굽혀 은줄 길이를 맞추고 있었다. 우리가 다가가자 사제가 똑바로 섰다. 그가 '몽피스'('내 아들'이라는 뜻으로 사제가 남성 신도를 부르는 말—옮긴이)라고 부르면서 나에게 몇 마디 건넸다. 그러고 나서 나는 그를 따라 건물 안으로 들어갔다.

빈소에 들어가니 관의 나사못이 완전히 조여 있었고, 검은색 옷을 차려입은 남자 넷이 서 있었다. 원장이 장의차가 양로원 앞길에서 기다리고 있다고 했다. 그와 동시에 기도를 올리겠다는 사제의 목소리가 들렸다. 그 뒤로 모든 장례 절차가 일사천리로 진행되었다. 인부들이 커다란 천을 들고 관 앞으로 다가섰다. 사제와 복사 아이들, 그리고 나와 원장은 밖으로 나왔다. 문 앞에 처음 보는 여자 하나가 서 있었다.

"뫼르소 씨입니다."

원장이 그녀에게 말했다. 나는 그 여자의 이름을 듣지 못했다. 다만 그녀가 담당 간호사라는 것만 들었다. 그녀는 조금도 미소를 띠지 않고, 뼈가 앙상하게 두드러진 길쭉한 얼굴을 살짝 숙일 뿐이었다. 우리는 관이 지나갈 때 나란히 물러섰다. 우리 모두 관을 따라 양로원을 나왔다. 출입문 앞에 장의 마차가 서 있었다. 길쭉한 모양에 반질반질하게 니스 칠을 한 것이 꼭 필통 같았다. 마차 옆에는 특이한 차림의 키가 작은 장례 감독이 서 있었다. 그리고 거동이 부자연스러워 보이는 노인 하나가 보였다. 나는 곧바로 그가 페레 씨라는 것을 알았다. 그는 챙이 넓고 꼭대기가 둥그스름한 중절모를 쓰고 있었다(관이 출입문을 나올 때는 모자를 벗었다). 그리고 둘둘 말린 바지 끝자락이 구두 위로 축 늘어져 있었고, 하얀 셔츠의 넓은 옷깃에 비해 유난히 작은 검정색 넥타이를 매고 있었다. 주근깨투성이의 코 밑으로 그의 입술이 떨리고 있었고, 축 늘어지고 보기 흉하게 생긴 귀 뒤로 몹시 가느다랗고 하얀 머리칼이 흘러내렸다. 그의 얼굴은 핏기 없이 창백한데 귀만 유독 핏빛처럼 새빨간 것이 특이해 보였다. 장례 감독이 자리를 정해주었다. 맨 앞에 사제가 서고, 그다음에 장의 마차와 그 주위로 인부 네 사람, 그 뒤를 원장과 내가 따르고, 간호사와 페레 씨는 행렬 맨 뒤에 섰다.

햇빛이 온 하늘에 가득했다. 햇볕이 땅 위로 내리쬐기 시작하면서 급속도로 더워졌다. 이유를 알 수는 없었으나 출발하기 전에 우리는 꽤 오래 기다렸다. 검은 상복 차림이었던 나는 몹시 더웠다. 모자를 쓰고 있던 노인은 그것을 다시 벗었다. 내가 고개를 살짝 돌려 노인을 쳐다보자 원장이 그에 대해 이야기해주었다. 엄마와 페레 씨는 저녁때가 되면 곧잘 간호사를 데리고 마을까지 산책하곤 했다는 것이다. 나는 사방으로 펼쳐진 들판을 바라보았다. 하늘과 맞닿은 언덕까지 이어진 사이프러스 숲, 군데군데 파르스름한 검붉은 땅, 드문드문 자리 잡은 그림 같은 집, 그 모든 풍경을 보면서 엄마의 마음이 어땠는지 알 수 있을 듯했다. 이곳의 저녁은 서글픈 휴식 시간 같았으리라. 오늘, 대기를 가득 채운 햇빛에 몸서리치면서 이곳이 비인간적이고 위압적으로 느껴졌다.

마침내 우리 행렬이 움직이기 시작했다. 그때 보니 페레 씨가 다리를 약간 절고 있었다. 장의차가 점점 속도를 낼수록 노인은 더욱 뒤처졌다. 장의차 옆에서 걸어가던 인부 하나도 뒤처져 나와 나란히 걸었다. 태양은 놀라우리만큼 빠른 속도로 하늘 높이 솟아올랐다. 벌써부터 들판에서는 벌레들이 윙윙거리는 소리와 풀잎이 바스락거리는 소리가 어수선하게 들려오고 있었다. 땀이 뺨을 타고 흘러내렸다. 모자가 없었던 나는 손수건으로 부채질을 해댔다. 그때 나란히 걷던 인부가 나에게 무슨 말을 했는데 잘 들리지 않았다. 그는 오른손으로 모자챙을 추켜올리고 왼손에 쥐고 있던 손수건으로 이마를 닦았다.

"뭐라고 하셨죠?"

내가 묻자 그가 하늘을 가리키며 말했다.

"어지간히 내리쬔다고요."

나는 "네."라고 대답했다.

조금 있으니 그가 또다시 말을 건넸다.

"돌아가신 분이 어머니이신가요?"

나는 또다시 "네."라고 대답했다.

"연세가 많으셨나요?"

"그렇죠, 뭐."

엄마의 나이를 정확히 몰랐던 나는 그렇게 대답하고 말았다. 그러고 나서 인부는 더 이상 말을 걸지 않았다. 뒤돌아보니 페레 씨가 50미터가량 뒤처져서 따라오고 있었다. 그는 모자를 흔들어대며 걸음을 재촉했다. 나는 다시 고개를 돌려 원장을 보았다. 그는 쓸데없는 몸짓 같은 것은 하지 않고 점잖게 걸어갔다. 이마에 흐르는 땀을 닦지도 않았다.

내 생각에 행렬이 좀 빠르지 싶었다. 주위에 보이는 것이라고는 쏟아지는 햇빛에 눈부신 들판뿐이었다. 햇볕은 참을 수 없을 만큼 뜨겁게 내리쬐었다. 어느새 우리는 새로 포장한 도로에 들어섰다. 뜨거운 햇볕에 녹아내려 갈라진 아스팔트에 발이 푹 들어가곤 했고, 발자국이 찍힌 콜타르가 번들거렸다. 장의차 위로 보이는 마부의 가죽 모자가 마치 그 검고 끈적한 덩어리를 이겨서 만든 것 같았다. 파랗고 하얀 하늘, 끈적끈적하고 검은 아스팔트, 입고 있는 상복의 바랜 검은색, 니스 칠을 한 검은 마차, 극히 단조로운 이 모든 색깔에 둘러싸여 나는 머릿속이 멍했다. 햇볕, 마차에서 나는 가죽 냄새, 말똥 냄새, 니스 냄새, 향 냄새, 밤을 지새운 피로감, 이 모든 것들 때문에 눈과 머리가 어찔했다.

나는 또다시 뒤돌아보았다. 구름처럼 뒤덮은 무더운 공기 속에서 페레 씨가 아득히 멀리 보이더니 급기야 시야에서 사라졌다. 주의 깊게 살펴보니 그가 길을 벗어나 들판을 가로질러 가고 있었다. 그와 동시에 나는 앞쪽으로 길이 굽어 있다는 것을 알아챘다. 그 지역을 잘 아는 페레 씨는 우리를 따라잡으려고 지름길로 빠진 것이었다. 굽은 길에 이르렀을 때 그는 우리 행렬을 따라잡았다. 그러다 또 그가 보이지 않았다. 그는 다시 들판을 가로지르고 있었다. 그는 몇 번이나 그렇게 했다. 나는 관자놀이가 불끈불끈 뛰는 것이 느껴졌다.

그 뒤로 모든 것이 너무나 신속하고 정확하며 순조롭게 진행되어서 별달리 기억나는 것이 없다. 다만 한 가지, 마을 입구에서 담당 간호사가 나에게 했던 말이 기억에 남았다. 얼굴과는 달리 사뭇 부드럽고 떨리는 목소리로 그녀가 말했다.

"천천히 가면 더위 먹기 쉬워요. 그렇다고 빨리 가면 땀을 많이 흘리게 되어서 성당에 들어갔을 때 으슬으슬 한기가 들죠."

맞는 말이었다. 그러나 어찌할 방법이 없는 일이었다. 그것 말고도 그날 일 중에 기억나는 것이 몇 가지 있었다. 마을 가까이 왔을 때 마지막으로 우리를 따라잡은 페레 씨의 얼굴이었다. 짜증 나고 힘든 나머지 굵은 눈물이 흘러 그의 뺨 위에서 반짝이고 있었다. 그러나 눈물은 주름살에 고여 더 이상 흘러내리지 않았다. 번졌다가 맺힌 눈물로 주름진 얼굴이 니스 칠을 한 것처럼 번들거렸다. 그리고 또 성당, 길에 서 있던 마을 사람들, 무덤에 핀 붉은 제라늄 꽃, 결국 졸도하고 만 페레 씨(마치 해체된 인형이 허물어지는 것 같았다), 엄마의 관 위로 떨어진 붉은 흙, 그 속에 섞여 있던 하얀 풀뿌리, 사람들, 목소리, 마을, 어느 카페 앞에서 기다린 일, 연신 털털거리던 엔진 소리, 그리고 마침내 버스가 알제의 불빛 속으로 들어와 이제는 12시간 동안 실컷 잘 수 있겠다는 생각에 기뻤던 일.

2

잠에서 깨어난 순간 나는 이틀간의 휴가를 신청했을 때 사장이 탐탁지 않은 표정을 지은 이유를 알았다. 오늘이 토요일이었기 때문이다. 그 사실을 생각지도 못하다가 잠이 깨었을 때 문득 떠오른 것이었다. 사장은 내가 자동적으로 일요일까지 나흘을 쉬게 되었다는 것을 생각하고 좋아하지 않았던 것이다. 하지만 엄마의 장례식을 오늘이 아니라 어제 치른 것은 내 탓이 아니었다. 또한 토요일과 일요일은 어차피 쉬는 날 아닌가. 물론 그렇다고 해서 사장의 심정을 납득하기 힘든 것도 아니었다.

나는 어제 너무 피곤한 하루를 보낸 나머지 일어나기가 몹시 힘들었다. 면도를 하면서 오늘은 뭘 할까 궁리하다가 해수욕을 하기로 했다. 나는 전차를 타고 항구의 해수욕장으로 갔다. 그리고 도착하자마자 곧바로 바다에 뛰어들었다. 젊은이들로 북적거렸다. 바닷물 속에서 나는 우리 회사에 타이피스트로 근무한 적이 있는 마리 카르도나를 만났다. 그때 나는 그녀를 마음에 두고 있었고, 그녀도 그런 것 같았다. 그러나 얼마 지나지 않아 그녀가 회사를 그만두는 바람에 사귈 기회가 없었다.

나는 그녀가 튜브에 올라타는 것을 도와주다가 그녀의 가슴을 스쳤다. 그녀는 튜브에 배를 깔고 엎드렸다. 그때 나는 물속에 있었는데, 그녀가 나를 향해 몸을 돌렸다. 그녀는 눈 위로 머리칼을 내려뜨린 채 웃고 있었다. 나는 튜브를 잡고 기어올랐다. 나는 무척 기분이 좋았다. 나는 장난치듯 머리를 젖혀 그녀의 배를 베고 누웠다. 그녀가 별말이 없자 나는 계속 그렇게 있었다. 온 하늘이 내 눈 속으로 들어오는 듯했고, 파란빛과 황금빛이 아른거렸다. 내 목덜미 아래로 마리의 배가 들먹들먹했다. 우리는 한동안 그렇게 튜브 위에 있다가 설핏 잠이 들었다. 햇볕이 뜨겁게 내리쬐자 마리가 물속으로 뛰어들었다. 나도 그녀를 따라 물에 들어갔다. 나는 그녀에게 다가가 팔로 그녀의 허리를 감싼 채 같이 헤엄쳤다. 마리의 얼굴에는 웃음이 떠나지 않았다. 둑으로 올라와 몸을 말리면서 그녀가 말했다.

"내가 당신보다 더 탔어요."

나는 저녁에 함께 영화를 보자고 그녀에게 말했다. 그녀는 웃더니 페르낭델(프랑스의 대표적인 희극배우—옮긴이)이 나오는 영화를 보고 싶다고 했다. 우리는 옷을 입었다. 그때 마리는 검정색 넥타이를 보더니 놀란 표정으로 상을 당했냐고 물었다. 나는 엄마가 돌아가셨다고 말했다. 언제 그랬냐고 묻기에 나는 "어제."라고 대답했다. 그녀는 흠칫하며 조금 뒤로 물러났지만 힐난하거나 하지는 않았다. 내 탓이 아니지 않냐고 말하고 싶었지만, 사장에게도 그런 말을 했던 기억이 떠올라 그만두었다. 그런 말을 한들 무슨 소용 있겠는가. 게다가 어차피 누구에게든 조금은 잘못이 있게 마련이었다.

저녁때가 되자 마리는 모든 걸 다 잊었다. 가끔 웃기는 장면이 있기는 했지만 정말 재미없는 영화였다. 마리는 자기 다리를 내 다리에 붙이고 있었다. 나는 그녀의 가슴을 애무했다. 영화가 끝날 때쯤 키스를 했는데 어설프게 하고 말았다. 우리는 영화관을 나와서 함께 내 집으로 왔다.

잠이 깨어 보니 마리는 가고 없었다. 그녀는 친척 아주머니한
테 가야 한다고 말했었다. 나는 일요일이라는 생각이 드는 순간
마음이 답답했다. 나는 일요일을 좋아하지 않는다. 나는 그대로
누워 베개에 남은 소금기 밴 마리의 머리칼 냄새를 더듬으며 뒤
척이다가 10시까지 잠을 잤다. 그리고 침대에 누운 채로 12시
까지 담배를 피웠다. 나는 평소처럼 셀레스트네 식당에서 점심
을 먹고 싶지 않았다. 식당 사람들이 이것저것 물어볼 게 뻔한
데, 그게 싫었다. 나는 빵도 없이 계란 프라이만 해서 접시에 입
을 대고 먹었다. 빵을 사러 가기도 귀찮았던 것이다.

아침을 먹고 나서 나는 무료하게 방 안을 왔다 갔다 했다. 엄
마와 함께 살기에 딱 좋은 집이었다. 하지만 나 혼자 살기에는
너무 넓어서 식탁을 내 방에 옮겨놓을 수밖에 없었다. 내 방에
는 자리가 푹 꺼진 의자와 누렇게 색 바랜 거울이 달린 화장대,
옷장, 그리고 구리 침대가 놓여 있었고, 나는 이 방에서만 생활
했다. 다른 것들은 모두 내버려두었다. 딱히 할 일도 없었던 나
는 묵은 신문 한 장을 들고 읽었다. 거기에서 크리센 소금 광고
를 오려 흥미로운 기사를 스크랩해둔 공책에 붙였다. 나는 손을

씻고 발코니에 나가 앉았다.

내 방은 교외의 간선도로를 바라보고 있었다. 화창한 오후였다. 그러나 거리는 축축했고, 드문드문 지나가는 사람들은 종종걸음을 치고 있었다. 맨 처음 눈에 띈 것은 산책을 나온 가족이었다. 바지가 무릎 밑까지 내려오고 빳빳하게 풀을 먹인 세일러복이 불편해 보이는 두 소년, 머리에 분홍빛 커다란 리본을 달고 에나멜 구두를 신은 소녀의 뒤를 밤색 비단옷 차림의 몹시 뚱뚱한 어머니와 키가 작고 호리호리한 아버지가 따라가고 있었다. 얼굴을 아는 남자였다. 나비넥타이 차림의 남자는 밀짚모자를 쓰고 단장을 짚고 있었다. 동네 사람들은 그를 보고 점잖은 사람이라고 했는데, 아내와 함께 있는 모습을 보니 왜 그런지 알 것 같았다.

조금 있으니 변두리에 사는 젊은이들이 지나갔다. 기름을 발라 번들거리는 머리, 빨간색 넥타이, 허리가 잘록하게 들어간 양복 재킷에 꽂은 행커치프, 앞코가 각진 구두, 하나같이 이런 차림이었다. 그들은 영화를 보러 시내에 나가는 것이었다. 일찌감치 나선 그들은 시끄럽게 떠들고 웃어대면서 전차를 타러 서둘러 가고 있었다.

그들이 지나가고 난 뒤로는 거리에 한동안 사람 그림자를 볼 수 없었다. 모든 극장에서 일제히 공연이나 영화가 시작된 모양이었다. 이제 거리에는 가게를 지키는 사람들과 고양이밖에 보이지 않았다. 무화과나무 가로수 위로 펼쳐진 하늘은 맑기는 했지만 햇빛이 쨍하게 비치지는 않았다. 길 건너편에 있는 담배 가게 주인은 문 앞에 의자를 거꾸로 놓고 등받이에 팔을 걸치고 앉아 있었다. 조금 전만 해도 사람들로 미어터질 듯하던 전차는 어느새 텅 빈 채로 지나갔다. 담배 가게 옆 '피에로'라는 작은 카페에서는 웨이터가 텅 빈 가게의 톱밥을 쓸고 있었다. 어김없는 일요일이었다.

나도 담배 가게 주인처럼 의자를 거꾸로 돌려 앉았다. 그게 더 편할 듯했던 것이다. 나는 담배를 두 대 피우고 방으로 들어갔다. 그리고 초콜릿 한 조각을 가지고 다시 창가로 가서 먹었다. 소나기가 쏟아질 것처럼 갑자기 하늘이 컴컴해졌다. 그러나 하늘이 다시 개기 시작했다. 비를 몰고 올 듯한 먹구름이 지나가면서 거리는 더욱 어스레했다. 나는 한참이나 하늘을 바라보고 있었다.

5시에 시끄러운 소음과 함께 전차가 도착했다. 교외의 경기장에서 구경꾼들을 다시 싣고 온 것이었다. 그들은 전차 발판이며 난간에까지 매달려 있었다. 그다음에 전차가 싣고 온 것은 운동선수들이었는데, 각자 손에 보스턴백을 하나씩 들고 있는 것으로 보아 알 수 있었다. 그들은 결코 지지 않으리라며 고함을 지르고 큰 소리로 노래를 불러젖혔다. 몇몇은 나를 보고 손짓하기도 했다. 그중 한 사람은 나를 향해 "우리가 이겼다!"고 소리쳤다. 나는 '알겠다'는 뜻으로 고개를 끄덕여 보였다. 그러고 나서 버스들이 몰려오기 시작했다.

해는 더욱 기울었다. 지붕 위로 붉은 석양이 깔렸고, 어둠이 내려앉자 거리는 활기에 넘쳤다. 거리를 오가는 사람들도 점점 늘어났다. 그들 속에 그 점잖은 남자도 있었다. 어린아이들은 징징거리며 손목을 잡힌 채 끌려왔다. 그다음 동네 영화관에서 관객들이 몰려나왔다. 그중 젊은이들이 결의에 찬 듯 비장한 표정을 짓고 있는 것으로 보아 활극이 상연되었나 보다고 짐작했다. 조금 뒤 영화를 보러 시내에 나갔던 사람들이 걸어왔다. 그들은 앞서 지나갔던 관객보다 표정이 더 진지했다. 가끔 웃기도 했지만 피곤한 기색이었고, 또 생각에 잠긴 표정이었다. 그들은 건너편 거리에서 서성거렸다. 동네 젊은 아가씨들은 맨머리로 서로 팔짱을 끼고 지나갔다. 젊은 사내들이 일부러 그들 곁을 지나가면서 농담을 던지자 여자들은 고개를 돌리고 킥킥거렸다. 그중 나와 얼굴을 알고 지내는 몇 명이 나에게 손을 흔들었다.

갑자기 가로등이 켜지자 어둠 속에서 반짝이던 별빛이 흐릿해졌다. 시시각각 바뀌는 사람들과 불빛이 넘치는 거리를 바라보고 있으려니 눈이 따가웠다. 가로등은 축축한 거리를 비췄고, 일정한 시차를 두고 도착하는 전차의 불빛은 지나다니는 사람들의 머리칼, 웃음 띤 얼굴, 은팔찌 등을 비추는 것이었다. 마침내 전차 운행이 뜸해지자 나무와 가로등이 어둠에 잠겼고, 어느새 거리는 인기척이 끊어지고, 첫 번째 고양이가 스산한 길을 가로지르는 시각이 되었다.

그제야 나는 저녁을 먹어야겠다는 생각이 들었다. 한참을 의자 등받이에 턱을 괴고 있었더니 목이 뻐근했다. 나는 내려가서 빵과 파스타를 사 왔다. 나는 직접 요리한 음식을 그냥 선 채로 먹었다. 담배를 한 대 피우려고 창가로 다가가니 싸늘한 바람이 느껴졌다. 창문을 닫고 돌아서 방 가운데로 오다가 탁자 한쪽에 놓인 알코올램프와 빵 한 조각이 거울에 비친 것을 보았다. 늘 그렇듯 또다시 일요일이 지나갔고, 엄마는 이제 땅속에 묻혔고, 나는 다시 직장에 나가야 하고, 결국 달라진 건 아무것도 없다는 생각이 들었다.

3

오늘 나는 회사에서 굉장히 많은 일을 했다. 사장은 살갑게 나를 대해주었다. 그는 피곤하겠다고 하면서 어머니 연세가 어떻게 되시냐고 물었다. 나는 잘못 말하고 싶지 않아서 "예순가량 되셨습니다."라고 대답했다. 이유는 알 수 없었지만 사장은 걱정을 덜었다는 듯, 그리고 다 끝난 일이라는 듯한 표정을 지었다.

내 책상에는 선하증권이 잔뜩 쌓여 있었다. 일일이 검토해야 할 것들이었다. 점심 식사를 하러 나오기 전에 나는 사무실에서 손을 씻었다. 나는 이런 정오 시간이 좋았다. 저녁 무렵이면 둘둘 만 수건이 축축해서 그런 기분이 덜했다. 사람들이 하루 종일 같은 수건을 쓰니 그럴 수밖에 없었다. 언젠가 사장한테 그점에 대해 이야기한 적이 있다. 그러나 사장은 자기도 찜찜하기는 하지만 그게 그리 중요한 문제는 아니라고 대답했다. 나는 조금 늦은 12시 30분에 운송과에서 일하는 에마뉘엘과 함께 밖으로 나왔다. 사무실은 바다를 바라보고 있었다. 그래서 우리는 한동안 햇볕이 내리쬐는 항구에 정박한 화물선들에 시선을 빼앗기고 있었다. 그때 마침 화물차 한 대가 요란스러운 쇠사슬 소리와 파열음을 내며 달려왔다. 에마뉘엘이 나에게 물었다.

"이거 탈까?"

나는 곧바로 달려갔다. 우리는 지나쳐가는 화물차 뒤를 쫓아갔다. 나는 시끄러운 소음과 먼지 속에 묻혀 아무것도 보이지 않았다. 다만 권양기를 비롯한 여러 기계들, 수평선 위에서 출렁거리는 돛대, 우리 옆으로 늘어선 선체들 한복판에서 멈추지 않고 무작정 내달리는 충동만을 느낄 뿐이었다. 내가 먼저 화물차를 잡고 매달리며 발을 짚고 뛰어올랐다. 그리고 기어오르는 에마뉘엘을 잡아주었다. 우리는 숨이 턱밑까지 차올랐다. 화물차는 울퉁불퉁한 부두 길을 덜컹거리며 햇빛이 쏟아지는 뿌연 먼지 속을 달려갔다. 에마뉘엘은 뒤로 넘어갈 듯이 웃어댔다.

우리는 땀에 흠뻑 젖은 채 셀레스트네 식당에 도착했다. 늘 그렇듯이 희끗한 콧수염을 기른 셀레스트가 불룩한 배에 앞치마를 두르고 있었다. 그가 나를 보더니 물었다.

"괜찮은 거지?"

나는 그렇다고 대답하고는 배가 고파 죽겠다고 했다. 나는 얼른 점심을 먹고 커피를 마셨다. 포도주를 너무 많이 마셨던 탓에 나는 집으로 가서 눈을 조금 붙였다. 잠이 깨자 담배 생각이 간절했다. 이러저러하다 시간이 늦어 나는 허겁지겁 전차를 타러 갔다. 오후 내내 나는 회사에서 일만 했다. 사무실 안은 푹푹 찌는 듯 더웠다. 그래서 저녁에 퇴근하고 부둣가를 천천히 걸어갈 때 기분이 몹시 좋았다. 하늘은 푸르고 기분은 상쾌했다. 그러나 나는 삶은 감자 요리를 만들어 먹으려고 곧장 집에 돌아왔다.

어두컴컴한 계단을 올라가다가 같은 층 옆집에 사는 살라마노 영감과 마주쳤다. 영감은 개와 함께 있었다. 8년 전부터 영감은 개를 데리고 살았다. 스패니얼종인 그 개는 습진 같은 피부병으로 털이 몽땅 빠졌고, 온몸이 붉은 반점과 갈색 딱지로 덮여 있었다. 좁은 방에서 개와 단둘이 살아서 그런지 살라마노 영감은 마침내 개를 닮고 말았다. 그의 얼굴에는 붉은 검버섯이 앉았고, 노란 머리도 듬성듬성했다. 서로 닮기는 개도 매한가지였다. 목을 앞으로 쭉 빼서 코를 내밀고 구부정하게 있는 모습이 영락없이 주인을 닮았던 것이다. 아무리 봐도 같은 족속인 듯했지만 서로 좋아하는 것 같지는 않았다.

　영감은 하루에 두 번, 오전 11시와 오후 6시에 개를 데리고 산책을 나갔다. 그는 8년 동안 단 한 번도 산책길을 바꾼 적이 없다. 그 시각이면 어김없이 리옹 거리를 지나가는 영감과 개를 볼 수 있었다. 영감이 개에게 끌려가다시피 하다가 발부리가 걸려 넘어지는데, 그럴 때면 영감은 욕을 퍼부으며 개를 패는 것이었다. 그러면 개는 기가 죽어서 몸을 사린다. 그때부터는 영감이 개를 끌고 간다. 그러다 개가 어느새 잊어버리고 다시 앞에서 주인을 끌고 가다가 또 욕을 먹으며 매를 맞는다. 둘은 그 자리에 멈춰 서서, 개는 무서워서 벌벌 떨고, 주인은 열이 받아 부들부들 떨면서 서로를 흘겨보는 것이었다. 날마다 이 짓이었다. 개는 오줌을 싸고 싶은데 영감은 그럴 새도 없이 끌고 가니, 급기야 개는 오줌을 찔끔찔끔 지리며 따라가는 것이었다. 개가 가끔 방에서 오줌을 싸도 매를 맞는다. 그렇게 지낸 시간이 어느덧 8년이었다. 셀레스트는 습관처럼 '가엾기도 하지'라고 말하지만, 사실 속내는 아무도 모르는 일이었다. 층계에서 마주쳤을 때도 영감이 개한테 한창 욕을 퍼붓고 있었다.

영감은 화가 나서 "이 망할 놈아!"라고 소리쳤고, 개는 낑낑 거리고 있었다. 내가 "안녕하세요?"라고 인사를 건넸는데도 영감은 욕만 계속 퍼부었다. 개가 뭘 잘못했길래 그러냐고 물어보았지만 영감은 대꾸도 하지 않고 "빌어먹을 놈!"이라고 소리칠 뿐이었다. 보아하니 그는 몸을 숙여 개 목걸이를 손보고 있었던 듯했다. 나는 조금 더 큰 소리로 다시 물어보았다. 그러자 영감은 내 쪽을 돌아보지도 않고 화를 삼키듯이 "이놈이 꼼짝을 안 해서요."라고 대답했다. 그러고는 낑낑거리며 네 발로 버티는 개를 억지로 끌고 가버렸다.

그때 같은 층에 사는 다른 이웃 하나가 계단을 올라왔다. 동네 사람들은 그를 두고 여자들을 등쳐서 먹고사는 사내라고 수군거렸다. 그러나 그에게 무슨 일을 하냐고 물어보면 '창고 관리인'이라고 대답했다. 이 동네에서 그를 좋아하는 사람은 거의 없었다. 하지만 그가 나한테 말을 걸기도 하고, 나도 그의 말을 들어주기도 하면서 가끔 우리 집에 오곤 했다. 나는 그의 얘기가 재미있었고, 더구나 그와 이야기를 나누면 안 될 이유가 없다고 생각했다. 그의 이름은 레몽 생테스였다. 작은 키, 딱 벌어진 어깨, 권투선수 같은 코를 가진 사내였다. 그는 언제나 말끔하게 차려입고 다녔다. 그도 가끔 살라마노 영감을 두고 "참, 안됐어."라고 말하곤 했다. 그가 나에게 그 꼴을 보기가 지긋지긋하지 않냐고 물었는데, 나는 그렇지 않다고 대답했다.

계단을 올라와 각자의 방으로 향하려는데 그가 불쑥 말했다.

"우리 집에 소시지와 포도주가 있는데 같이 드시지요?"

저녁을 차리지 않아도 되니 나는 흔쾌히 그러겠다고 했다. 그의 집도 창문 하나 없는 부엌이 딸린 단칸방이었다. 침대 위쪽 벽에는 불그죽죽한 석고로 만든 천사상, 유명한 운동선수들 사진과 여자 누드 사진 두세 장이 걸려 있었다. 방 전체가 지저분했고 침대도 마구 어질러져 있었다. 그는 석유램프를 먼저 켜더니 호주머니에서 꺼낸 더러운 붕대로 오른손을 싸맸다. 내가 왜 그러냐고 묻자 그가 웬 녀석하고 시비 끝에 치고받고 싸웠다는 것이었다. 그가 말했다.

"이해하시겠죠, 뫼르소 씨? 나는 성질이 못된 게 아니라 원체 못 참는 성격입니다. 그놈이 나더러 '남자라면 전차에서 내려'라고 하지 뭡니까? 내가 '그만하지'라고 했더니 그놈이 사내도 아니라고 하는 거예요. 그래서 전차에서 내려 말했죠. '그만하는 게 좋을걸? 안 그럼 본때를 보여줄 테니.' 그러자 그놈이 '본때?'

라더군요. 그래서 먼저 한 대 쳤죠. 바닥에 나동그라지길래 일

으켜주려고 다가갔더니 그놈이 드러누운 채 발로 걷어차려는 거

예요. 그래서 무릎으로 내리찍고 주먹으로 두 대 더 쳤죠. 그놈

얼굴은 피범벅이 되었어요. 내가 '맛 좀 봤냐?'고 물었더니 '그

렇다'고 하더군요."

그는 말하면서 계속 붕대를 감고 있었다. 나는 침대에 걸터앉

았고, 그가 계속 말을 이었다.

"그렇지 않소? 내가 싸움을 건 게 아니에요. 그놈이 먼저 나한

테 시비를 걸었죠."

맞는 말이었다. 그래서 나는 정말 그럴 만했다고 말했다. 그러

자 그가 그 일에 대해 조언을 좀 구하고 싶다고 했다. 내가 남자

답고 세상 물정에도 밝으니 자기를 좀 도와달라고 하면서 친구

로 지내자고 했던 것이다. 내가 아무 대답도 하지 않자 그가 또

다시 친구로 지내면 어떻겠냐고 물었다. 내가 상관없다고 하자

그는 흐뭇해하는 듯했다. 그는 더 이상 아무 말도 하지 않고 소

시지를 굽고, 접시, 잔, 술 두 병을 내놓았다. 우리는 자리에 앉

았다. 처음에 그는 머뭇머뭇하는 듯하더니 음식을 먹으면서 이

야기를 늘어놓았다.

"한 여자를 만났는데……, 말하자면 내 정부였죠."

그가 싸운 상대는 그 여자의 오빠였고, 그가 그녀의 살림을 마련해주고 생활비를 대주었다는 것이었다. 나는 아무 대꾸도 하지 않았고, 그는 계속 말을 이었다. 그는 동네 사람들이 자기를 보고 뭐라고 수군거리는지 알고 있는데, 자신은 양심에 거리낄 만한 일은 조금도 하지 않았으며, 창고 관리인이라는 것이었다. 그가 계속 말했다.

"아까 하던 얘기를 마저 하자면, 내가 그 여자에게 속았던 겁니다."

그는 매달 생활비를 그녀에게 주었다고 했다. 방세를 대신 내주고, 하루에 20프랑씩 식비도 주었다는 것이다.

"한 달 방세가 3백 프랑, 식비로 6백 프랑이 들었죠. 가끔 스타킹도 몇 켤레 사 주고 하다 보니 천 프랑가량 들더라고요. 그런데 그 귀부인은 할 일 없이 빈둥거리면서 그 돈으로는 입에 풀칠하는 정도밖에 안 된다면서 도저히 살 수 없다는 거예요. 그래서 내가 한마디 했죠. '반나절이라도 나가서 돈 좀 벌어봐. 그럼 자질구레한 비용은 충당할 수 있을 거야. 방세 내주고, 하루에 20프랑씩 용돈도 주고, 이번 달에는 옷도 한 벌 사 줬잖아.

너는 오후에 친구들하고 커피 마시는 게 일이지? 그 친구들한테 커피랑 설탕을 대접하는 건 너지만 그 돈은 다 내 주머니에서 나온다고. 나는 너한테 할 만큼 하는데 너는 나한테 해주는 게 뭐야?' 그런데도 그 여자는 일할 생각은 않고 빈둥거리면서 먹고살기 힘들다고 잔소리를 늘어놓는단 말입니다. 그러다 내가 속고 있었다는 것을 알게 되었죠."

그 여자 핸드백 속에 복권 한 장이 들어 있는 것을 보고는 어디서 났냐고 물었는데 대답을 못하더라는 것이었다. 며칠 뒤에는 그 여자의 방에서 전당포 영수증을 발견했는데, 팔찌 2개를 저당 잡혔다는 것이었다. 더구나 그는 그녀에게 그런 팔찌가 있는 줄도 몰랐다고 했다.

"여자에게 속았다는 것을 확인하고 관계를 끊었어요. 그 전에 혼쭐을 좀 내주고 그 여자에게 실태를 알려주었죠. 너라는 년은 오직 남자랑 자는 것밖에 모른다고. 이해하시죠, 뫼르소 씨? 그리고 이렇게 말했어요. '내 덕에 행복한 줄 알아라. 세상 사람들이 너를 얼마나 부러워하는 줄 알아? 두고 봐. 그게 얼마나 행복한 일이지 곧 뼈저리게 느낄 테니.'"

그는 피가 터지도록 여자를 두들겨 팼다고 했다. 그전에는 그렇게 여자를 때린 적이 없다고 했다.

"물론 손을 대긴 했지만 가볍게 치는 정도였어요. 하지만 늘 여자가 소리를 지르고, 나는 덧문을 닫아버리는 걸로 끝났죠. 그런데 이번에는 진짜였어요. 하지만 충분히 벌을 준 건 아니에요."

그래서 그 일에 대해 나한테 조언을 구하고 싶다는 것이었다. 그는 잠깐 말을 끊고 일어나 그을음이 나는 램프 심지를 조절했다. 나는 계속 그의 이야기를 듣기만 했다. 포도주를 1리터 가까이 마시자 관자놀이가 벌겋게 달아올랐다. 마침 담배가 떨어지고 없어서 나는 레몽의 담배를 피웠다. 마지막 전차가 이 변두리의 소음을 싣고 아득히 멀어져갔다.

레몽은 이야기를 계속했다. 그는 곤란하게도 '그 여자와의 잠자리에 대한 미련이 아직 남아 있다'는 것이었다. 하지만 호되게 벌을 한번 주어야겠다고 했다. 처음에 그는 여자를 호텔로 데리고 가서 추문을 일으켰다면서 풍기 단속반 경찰을 불러 그녀의 이름을 매춘부 명부에 올릴 생각을 했다는 것이었다. 그다음 건달 친구들하고 이야기해보았지만 신통한 계책이 생각나지 않았다고 했다. 그도 말했듯이 소위 건달패라는 치들도 소용없었다. 레몽이 그렇게 말하자 그들은 그 여자에게 '낙인'을 찍어 버리는 건 어떠냐고 했다는 것이었다. 하지만 그는 그러고 싶지 않으니 조금 더 고민해봐야겠다고 했다. 그 방법을 물어보기 전에 먼저 그는 자기 이야기를 내가 어떻게 생각하는지 듣고 싶다는 것이었다. 나는 별 생각 없고, 그저 흥미로운 일인 것 같다고 말했다. 그는 자기가 속은 게 맞는 것 같냐고 물었다. 내 생각에도 그런 것 같다고 나는 대답했다. 그 여자를 혼내 주는 게 맞느냐, 그럼 어떻게 혼내 주는 게 좋겠느냐고 묻기에, 나는 어떻게 하는 게 좋을지는 모르겠으나 그 여자를 혼내 주고 싶은 심정은 이해할 만하다고 말했다.

나는 포도주를 조금 더 마셨다. 그는 담뱃불을 붙이더니 자기가 생각하고 있는 것을 말했다. 그는 여자에게 '차버리겠다는 내용의 편지를 쓰되 그녀가 매달릴 만한 이야기를 적어서' 보내겠다는 것이었다. 그렇게 해서 여자가 돌아오면 한 번 자고, 잠자리가 '끝나면' 마지막으로 여자의 얼굴에 침을 탁 뱉고 내쫓아버리겠다고 했다. 나도 그야말로 제대로 응징하는 것이라고 생각했다. 그런데 레몽이 자기는 제대로 쓸 자신이 없으니 내가 대신 편지를 써주면 좋겠다는 것이었다. 내가 아무 대답도 하지 않자, 그는 지금 이 자리에서 편지 쓰기가 귀찮냐고 물었다. 나는 그런 건 아니라고 대답했다.

그러자 그는 포도주를 한 잔 들이켜고 일어나더니 접시와 먹다 남은 소시지를 한쪽으로 치우고 탁자에 깔린 방수포를 깨끗이 닦았다. 그리고 침실용 작은 탁자 서랍에서 모눈종이 한 장, 노란 봉투, 붉은색의 작은 나무 펜대, 보라색 잉크가 들어 있는 각진 병을 꺼내 왔다. 그가 여자의 이름을 말했는데 무어인이었다. 나는 편지를 쓰기 시작했다. 되는 대로 써나가기는 했지만 레몽의 마음에 들게 쓰려고 신경 썼다. 왜냐하면 그의 마음에 들지 않게 쓸 이유가 없었기 때문이다. 나는 소리 내어 편지를 읽어주었다. 레몽은 담배를 피우며 계속 고개를 끄덕이더니 다 읽고 나자 한 번 더 읽어주면 좋겠다고 했다. 그는 매우 만족스러워하며 말했다.

"역시 내 생각대로 자네는 세상사를 잘 아는 사람이야."

그가 나한테 반말을 한 것은 그때가 처음이었는데 나는 무심코 흘려들었다. 그러나 그가 "이제 자네는 내 친구야."라고 말했을 때 그제야 나는 깜짝 놀랐다. 그는 다시 한번 그렇게 말했고, 나는 "그래."라고 말했다. 나는 그의 친구가 되어도 상관없었고,

그는 진심으로 나하고 친구로 지내고 싶은 듯했다. 그가 편지를 봉하고 나서 우리는 포도주를 마저 마셨다. 그러고 나서 둘 다 묵묵히 담배를 피웠다. 거리는 쥐 죽은 듯 조용했고, 그 속에서 미끄러지듯 달리는 자동차 소리가 들렸다.

"늦었군."

내가 말했다. 레몽도 그런 생각을 한 듯 시간이 너무 빨리 간다고 했는데, 어떤 의미에서는 그렇기도 했다. 나는 졸음이 몰려왔지만 일어나려니 힘들었다. 고단해 보이는 나를 보고 그가 실의에 빠지지 말라고 했다. 나는 그가 무슨 말을 하는 것인지 몰랐다. 그는 엄마가 돌아가셨다는 소식을 들었다면서 언젠가 한 번은 치를 일이 아니냐고 덧붙였다. 내 생각도 그랬다.

나는 자리에서 일어섰다. 레몽은 내 손을 꽉 쥐더니 남자끼리는 어느 때고 이해할 수 있다고 말했다. 나는 그의 방을 나와 어두운 층계참에 잠시 서 있었다. 건물 안은 적막이 감돌았고, 계단 맨 아래에서부터 싸늘하고 습한 바람이 밀려왔다. 귓전을 울리는 맥박 소리 말고는 아무 소리도 들리지 않았다. 그렇게 꼼짝도 하지 않고 멍하니 서 있으니, 살라마노 영감의 방에서 개가 낑낑대는 소리가 나지막이 들려왔다.

4

일주일 내내 나는 열심히 일했다. 레몽이 찾아와 편지를 보냈다고 했다. 나는 에마뉘엘하고 두 번 영화를 보러 갔다. 그는 가끔 스크린의 장면을 이해하지 못할 때가 있었는데 그때마다 내가 설명해주어야 했다. 토요일이었던 어제 약속대로 마리가 찾아왔다. 그녀를 보자 정욕이 솟구쳤다. 그녀는 빨간색과 하얀색 줄무늬의 화사한 원피스에 가죽 샌들을 신고 있었다. 탱탱한 가슴이 그대로 드러났고, 햇볕에 그은 갈색빛 얼굴은 꽃처럼 아름다웠다.

우리는 버스를 타고 알제에서 몇 킬로미터 떨어진 바닷가로 갔다. 양쪽으로는 바위가 솟아 있고, 뭍으로는 갈대가 우거진 해변이었다. 오후 4시의 태양은 그리 뜨겁게 내리쬐지 않았지만 바닷물은 따뜻했다. 잔잔한 물결이 길게 이어졌다. 마리가 놀이 하나를 알려주었다. 헤엄을 치면서 파도 마루의 거품을 머금었다가 반듯하게 누워 하늘로 내뿜는 것이었다. 그러면 물거품이 공중에서 레이스 모양으로 퍼졌다가 사라지거나 미지근한 안개비처럼 얼굴에 떨어졌다. 그러나 몇 번 하다 보면 소금기 때문에 입속이 아렸다. 마리가 물속에서 다가와 자기 몸을 내 몸에 찰싹 붙였다. 그녀는 자기 입술을 내 입술에 갖다 댔다. 그녀의 혀가 내 입술에 닿는 순간 상쾌했다. 우리는 잠시 물결에 몸을 맡기고 둥둥 떠 있었다.

물속에서 나와 옷을 갈아입는데 마리가 눈빛을 빛내며 나를 쳐다보았다. 나는 그녀에게 키스했다. 우리는 더 이상 아무 말도 하지 않았다. 그리고 나는 그녀를 한쪽 팔로 꼭 껴안은 채 서둘러 버스를 타고 집으로 돌아왔다. 우리는 방에 들어서자마자 곧바로 침대에 뛰어들었다. 나는 열어둔 창문으로 흘러든 여름밤이 햇볕에 그은 우리의 갈색 살갗을 감싸는 것을 느끼며 상쾌한 기분에 젖었다.

아침에 마리는 가지 않았다. 나는 점심을 같이 먹자고 하고는 고기를 사러 내려갔다. 다시 올라왔을 때 레몽의 방에서 여자 목소리가 들렸다. 그리고 살라마노 영감이 개를 야단치는 소리도 들렸다. 구둣발이 나무 계단을 밟는 소리와 개가 발톱으로 긁는 소리에 이어 "이 망할 놈!"이라는 영감의 목소리가 들렸다. 그들은 거리로 나갔다.

마리에게 영감 이야기를 해주자 그녀는 큰 소리로 깔깔대며 웃었다. 내 파자마를 입은 그녀는 소매를 걷어 올리고 있었다. 그녀가 웃는 모습을 보자 또다시 정욕이 솟구쳤다. 조금 뒤 마리가 나에게 자기를 사랑하느냐고 물었다. 나에게 그건 아무 의미 없는 것이었지만, 나는 사랑하지는 않는 것 같다고 대답했다. 그녀는 우울한 표정을 지었다. 하지만 점심 준비를 하면서 그녀는 별일 아닌 일에도 뒤로 넘어갈 듯이 웃어댔다. 나는 그런 그녀에게 또 키스했다. 그때 레몽의 방에서 싸우는 소리가 들렸다. 찢어질 듯한 여자 목소리가 들리더니 레몽이 소리쳤다.

"네년이 나를 농락해? 감히 나를? 나를 농락하면 어떻게 되는지 보여주지."

픽픽 두들기는 소리가 들리더니 여자가 비명을 질러댔다. 그 소리가 어찌나 끔찍했던지 층계참에 금세 사람들이 몰려들었다. 마리와 나도 밖으로 뛰어나갔다. 여자가 비명을 지르는데도 레몽은 계속 때리는 것이었다. 마리는 무섭다고 했지만 나는 별다른 대꾸를 하지 않았다. 그녀는 경찰을 부르라고 했지만, 나는 경찰을 좋아하지 않는다고 했다. 그런데 3층에 세 들어 사는 배관공이 경찰 하나를 데리고 왔다. 경찰이 레몽의 방문을 두드리자 안에서는 아무 소리도 들리지 않았다. 더 세게 두드려대자 여자의 울음소리가 들리더니 레몽이 방문을 열었다. 그는 담배를 입에 문 채 짐짓 얌전한 태도를 취했다. 그는 아무 일 없다는 듯 경찰을 바라보았다. 그때 여자가 방에서 뛰쳐나오더니 경찰한테 레몽이 자기를 때렸다고 말했다. 경찰이 레몽에게 말했다.

"이름이 뭐야?"

레몽이 이름을 말했다.

그러자 경찰이 소리쳤다.

"입에서 담배 빼고 말해."

레몽은 머뭇거리더니 나를 쳐다보며 담배를 빨았다. 그 순간 경찰이 두툼한 손으로 레몽의 뺨을 냅다 후려쳤다. 그러자 레몽이 물고 있던 담배가 몇 미터 밖으로 날아가 떨어졌다. 일순간 레몽의 낯빛이 변했으나 별다른 말은 하지 않았다. 그러고는 정중하게 담배를 주워도 되겠냐고 물었다. 경찰은 그렇게 하라고 말하면서 덧붙였다.

"이제부터 경찰은 허수아비가 아니라는 것을 명심해!"

그러는 사이 여자는 계속 울면서 "나를 막 두들겨 팼다고요. 저 사람은 포주예요."라고 몇 번이나 말했다. 그러자 레몽이 말했다.

"경관님, 멀쩡한 남자를 포주라고 하는 건 법에 어긋나지 않나요?"

경찰은 레몽에게 입 닥치라고 소리쳤다. 그러자 레몽이 여자를 돌아보며 말했다.

"기다려, 자기. 아직 안 끝났잖아?"

경찰은 다시 한번 레몽에게 입 닥치라고 소리쳤다. 그리고 여자에게는 가도 좋다고 하고, 레몽에게는 경찰서에서 부를 테니 방에 들어가 꼼짝 말고 기다리라고 했다. 이어서 경찰은 레몽에게 부들부들 몸을 떨 만큼 취하다니 부끄러운 줄 알라고 충고했다. 그러자 레몽이 변명했다.

"취하다니요? 멀쩡합니다. 다만 경관님 앞에 서니 어떻게 안 떨릴 수가 있겠습니까?"

레몽이 문을 닫고 들어가자 구경하던 사람들도 뿔뿔이 흩어졌다. 마리와 나는 점심을 차렸다. 그러나 그녀는 입맛이 없다기에 내가 다 먹었다. 1시에 마리는 집을 나섰고, 나는 또 잠을 잤다.

3시쯤 누군가 방문을 두드렸다. 레몽이었다. 그가 들어오는데도 나는 계속 침대에 누워 있었다. 그는 침대에 걸터앉았다. 그가 아무 말도 하지 않기에 내가 먼저 어떻게 된 일이냐고 물었다. 그는 작정한 대로 했는데, 그 여자가 먼저 뺨을 갈기기에 패줬다고 했다. 그다음은 내가 본 그대로였다. 나는 그 여자를 단단히 혼내 줬으니 속이 시원하겠다고 물었다. 그는 그렇다고 대답하면서, 경찰이 아무리 뭐라고 해도 그 여자가 제대로 망신을 당한 건 분명하다고 꼬집었다. 그리고 자기는 경찰들 생리를 누구보다 잘 알고 있어서 그들 앞에서 어떻게 처신해야 하는지도 잘 안다고 말했다. 그는 경찰이 자기 뺨을 후려쳤을 때 자기가 맞받아칠 줄 알았냐고 물었다. 나는 별 생각이 없었고, 여러 말 할 것 없이 경찰을 좋아하지 않는다고 말했다. 레몽은 굉장히 흡족한 표정을 지었다.

레몽이 같이 나가자고 했다. 내가 자리에서 일어나 머리를 손질할 때 그가 나한테 증인을 서주면 좋겠다고 말했다. 그건 문제없었지만 나는 어떻게 말해야 하는지 몰랐다. 레몽은 그저 그 여자가 자기한테 파렴치하게 굴었다고 말하면 된다고 했다. 나는 증인이 되어주겠다고 했다.

우리는 함께 밖으로 나갔다. 레몽이 사 주어 코냑을 한 잔 마셨다. 당구도 한 판 쳤는데 내가 아깝게 졌다. 그가 매춘부를 찾아가자고 했지만 나는 그런 걸 좋아하지 않는다고 거절했다. 우리는 천천히 집으로 걸어갔다. 레몽은 그 여자를 혼내 주어 얼마나 기분 좋은지 모르겠다고 했다. 그가 나를 살갑게 대한다는 것을 알았고, 나는 즐거운 시간을 보냈다고 생각했다.

저 멀리 건물 앞에 살라마노 영감이 안절부절못하며 서 있는 것이 보였다. 나는 가까이 다가갔을 때 비로소 개가 보이지 않는다는 것을 알았다. 그는 여기저기 휘둘러 살펴보고 있었다. 두서없이 혼잣말을 하며 어두운 층계를 들여다보다가 충혈된 눈을 크게 뜨고 거리를 이리저리 둘러보았다. 레몽이 무슨 일이냐고 물어도 아무 대답이 없었다. 그저 나지막이 "망할 놈! 빌어먹을 새끼!"라고 중얼거릴 뿐이었다. 개는 어떻게 했냐고 물으니 영감이 도망가 버렸다고 한마디 툭 내뱉더니 말을 줄줄 쏟아내기 시작했다.

"다른 때처럼 오늘도 연병장에 데리고 갔어요. 노점 앞에 사람들이 어찌나 많이 모여 있던지. 잠깐 멈춰 '탈주왕'이라는 간판을 보고 돌아섰는데, 아 글쎄, 그놈이 안 보이는 거예요. 진작에 작은 목걸이를 사 주려고 했는데, 그 망할 놈이 도망가 버릴줄 누가 알았겠소."

레몽은 개가 길을 잃었을 수도 있으니 조금 있으면 돌아올지도 모른다고 말하며, 수십 킬로미터나 떨어진 곳에서 주인을 찾아온 개도 있다는 이야기를 해주었다. 하지만 영감은 그 말을 듣고 더욱 불안해했다.

"다른 사람한테 잡혀가고 말 거요. 아무나 데려다 길러주면 좋겠지만, 그럴 리가 있겠소. 딱지가 덕지덕지 앉은 개를 누가 좋다고 데려가겠소. 경찰이 잡아갈 게 분명해요."

나는 동물보호소에 가면 있을지도 모른다고 하면서 벌금을 조금 내고 개를 데려올 수 있다고 알려주었다. 영감은 벌금이 많냐고 물었는데, 나는 얼마인지 몰라서 대답하지 못했다. 그러자 영감은 벌컥 화를 냈다.

"그 망할 놈 때문에 돈만 까먹게 생겼네. 차라리 어디 가서 죽어버렸으면 좋겠네."

레몽은 웃으며 건물 안으로 들어갔다. 나도 그를 따라 올라갔다. 우리는 2층으로 올라가 층계참에서 각자 집으로 들어갔다. 조금 뒤 발소리가 들리는가 싶더니 누가 문을 두드렸다. 문을 열어 보니 영감이었다. 그는 문 앞에 서서 조금 망설이더니 "실례 좀 하겠소."라고 말했다.

내가 좀 들어오라고 했지만 그는 그 자리에 계속 서 있었다. 구두코만 내려다보는 영감의 딱지투성이 손이 조금 떨리고 있었다. 그가 고개를 떨어뜨린 채 나에게 물었다.

"설마 개를 안 돌려주지는 않겠죠, 뫼르소 선생? 주인한테 돌려주겠죠? 안 그러면 나는 어쩌란 말입니까?"

나는 동물보호소에서 사흘간 데리고 있다가 그래도 주인이 찾으러 오지 않으면 적당히 처리한다고 말했다. 그러자 그는 아무 대꾸도 하지 않고 나를 쳐다보더니 "안녕히 계세요."라고 인사하고 돌아갔다.

영감이 자기 집으로 들어간 뒤에 그 방에서 서성거리는 소리가 들렸다. 그러더니 침대가 삐걱거리는 소리에 이어 괴상한 소리가 들렸는데, 영감이 우는 것이었다. 왜 그랬는지는 알 수 없으나 그때 문득 엄마가 생각났다. 그러나 다음 날은 아침 일찍 일어나야 했다. 나는 배도 고프지 않기에 저녁도 거르고 그냥 잤다.

5

레몽이 회사로 전화를 걸어왔다. 자기 친구가(내 이야기를 했
다는 것이다) 알제 교외에 작은 별장을 하나 가지고 있는데, 일
요일 하루 함께 보내자고 나를 초대했다는 것이었다. 나는 그러
고 싶기는 한데 여자 친구와 선약이 있다고 했다. 그러자 레몽은
여자 친구랑 같이 가도 된다고 말했다. 친구 아내는 남자들 여러
명을 혼자 상대하지 않아도 되어 더 좋아할 거라는 것이었다.

사장이 개인적으로 전화 통화하는 것을 좋아하지 않았으므로
나는 금방 끊으려고 했다. 그런데 레몽이 잠깐이면 된다고 하면
서 별장 초대야 저녁에 말해도 되는 것이고, 사실은 다른 할 얘
기가 있어서 전화를 걸었다고 했다. 그는 그 정부의 오빠가 속
한 아랍인 패거리들이 하루 종일 자기 뒤를 밟고 있다면서 이렇
게 말했다.

"저녁에 집으로 돌아오다가 집 근처에서 그놈들을 보거든 좀
알려줘."

나는 그렇게 하겠다고 말했다.

잠시 뒤 사장이 나를 불렀다. 전화 통화는 삼가고 일에 전념

하라는 말을 하리라 생각하니 문득 짜증이 났다. 그런데 사장은 전혀 다른 얘기를 했다. 구체적이지는 않지만 계획하려는 일이 있어서 그것에 대해 의논하고 싶다는 것이었다. 사장은 단지 내 의견을 듣고 싶을 뿐이라고 했다. 파리에 출장소를 두고 큰 회사들과 직접 거래를 할 계획인데, 거기에서 근무할 생각이 없냐는 것이었다. 그러면 파리에서 살게 되는 것이고, 1년에 얼마간은 여행을 떠날 수도 있다고 했다.

"자네처럼 젊은 사람들은 그런 생활을 좋아하지 않나?"

나는 물론 그렇기는 하지만 나한테는 별반 차이가 없다고 대답했다. 사장은 생활에 변화를 주고 싶지 않냐고 물었다. 나는 인간의 생활이라는 것은 절대 바꿀 수 없는 것이며, 어떤 생활이든 어차피 다 거기서 거기고, 이곳 생활에 별 불만이 없다고 대답했다. 그는 마땅찮은 기색을 내비치더니 내가 항상 삐딱하게 말하기 일쑤고, 야심이 없어서 앞으로 성공하기 쉽지 않을 거라고 했다. 나는 자리로 돌아왔다. 나는 사장의 기분을 상하게 하고 싶지는 않았지만, 그렇다고 지금의 생활을 바꿔야 할 이유도 찾을 수 없었다. 아무리 생각해봐도 나는 별 불만이 없었다. 학생 때는 야심을 품기도 했다. 그러나 학교를 그만둘 수밖에 없게 된 뒤 현실적으로는 그런 것이 전혀 중요하지 않다는 것을 깨달았던 것이다.

저녁에 마리가 찾아와 자기와 결혼하는 건 어떠냐고 물었다. 나는 아무래도 상관없지만 네가 원한다면 결혼해도 좋다고 대답했다. 그러자 그녀는 자기를 진심으로 사랑하느냐고 물었다. 나는 지난번에도 말했듯이 나한테 그런 건 아무 의미가 없지만 사랑하는 것 같지는 않다고 대답했다. 그러자 마리가 물었다.

"그럼 뭣 때문에 나랑 결혼하려는 거예요?"

나는 또다시 그런 건 전혀 중요하지 않지만, 원한다면 결혼해도 상관없다고 말했다. 더구나 청혼을 한 건 그녀였고, 나는 기꺼이 승낙했을 뿐이라고 했다. 그러자 그녀는 결혼만큼 중요한 일이 어딨냐고 말했다. 나는 "아냐."라고 대답했다. 그녀는 곧바로 대꾸하지 않고 나를 바라보더니 말을 이었다. 말하자면 내가 사귄 다른 여자가 청혼을 해도 똑같이 받아들이겠냐는 것이었다. 나는 "물론."이라고 대답했다. 그녀는 자기가 나를 사랑하는지 잘 모르겠다고 중얼거렸다. 그건 나로서도 알 수 없는 일이었다. 그녀는 또다시 침묵에 잠기더니 나는 참 이상한 사람이고, 그 점 때문에 자기가 나를 좋아하는 것 같은데, 시간이 지나면 같은 이유로 나를 싫어할지 모른다고 말했다. 나는 아무 말도 하지 않고 무덤덤하게 앉아 있었다. 그러자 그녀가 웃으며 내 팔을 껴안고 나와 결혼하고 싶다고 했다. 나는 원한다면 언제든지 그러자고 대답했다. 그리고 회사에서 사장이 얘기한 것을 들려주자 그녀가 파리에 가보고 싶다고 했다. 내가 파리에서 잠깐 생활한 적이 있다고 하자 어떤 곳이냐고 물었다. 내가 대답했다.

"지저분한 곳이야. 비둘기가 엄청 많고, 안뜰은 어둠침침해. 사람들 얼굴은 허여멀건하고."

그러고 나서 우리는 큰 거리로 나가 시내를 산책했다. 예쁜 여자들이 있는 것을 보고 나는 마리에게 알아챘냐고 물었다. 그녀는 그렇다고 하면서 이해한다고 말했다. 우리는 잠시 묵묵히 걸었다. 나는 그녀와 함께 있고 싶어서 셀레스트네 식당에 가서 같이 저녁을 먹자고 했다. 그녀는 마음은 그러고 싶은데 일이 좀 있다고 했다. 우리는 어느덧 집 앞까지 왔다. 내가 잘 가라고 인사하자 그녀가 나를 보며 물었다.

"무슨 일인지 궁금하지 않아요?"

나는 궁금하지만 물어볼 생각을 미처 못 했다고 말했다. 그러자 그녀는 그 점이 못마땅하다는 듯한 표정을 지었다. 내가 겸연쩍은 표정을 짓자 그녀는 다시 웃으며 바싹 다가와 입술을 내미는 것이었다.

나는 셀레스트네 식당에 가서 저녁을 먹었다. 음식을 한입 떠넣으려는데 웬 키 작은 여자가 들어오더니 내 자리에 합석하면 안 되겠냐고 물었다. 나는 물론 괜찮다고 대답했다. 그녀는 능금 같은 얼굴에 반짝이는 눈을 가졌으며, 몸을 이리저리 흔들어댔다. 그녀는 재킷을 벗고 메뉴판을 유심히 들여다보더니 셀레스트를 불러 또박또박하면서도 빠른 말투로 음식을 주문했다. 그러고는 전채 요리가 나오는 동안 핸드백을 열고 네모난 종이쪽지와 연필을 꺼내 계산해보더니 지갑에서 팁까지 포함한 금액을 꺼내 놓는 것이었다. 전채 요리가 나오자 그녀는 얼른 먹어치웠다. 다음 요리가 나오는 동안 그녀는 또 핸드백에서 푸른색 연필과 일주일간의 라디오 프로그램을 소개한 잡지를 꺼내 꼼꼼히 보면서 거의 모든 프로그램에 표시를 하는 것이었다. 그녀는 식사를 하는 내내 열두 페이지에 걸쳐 실린 프로그램을 하나하나 꼼꼼히 살펴보았다. 내가 식사를 마칠 때까지도 그녀는 표시하느라 정신이 없었다. 그리고 나서 자리에서 일어나 예의 그 자동인형 같은 몸짓으로 재킷을 걸치고 나갔다. 나도 딱히 할 일도 없어서 곧바로 식당을 나왔다. 나는 잠시 그녀의 뒤를 따라갔다. 그녀는 길가를 따라 엄청나게 빠른 걸음걸이로 또박 또박 걸어갔다. 조금 비켜 가거나 뒤돌아보지도 않고 똑바로 걸어갔다. 나는 그녀를 시야에서 놓치고서야 길을 되돌아왔다. 참 특이한 여자라는 생각이 들었지만 금세 잊어버렸다.

층계를 올라가니 방문 앞에 살라마노 영감이 서 있었다. 내가 방으로 들어가자고 했더니 영감은 대뜸 동물보호소에 가봤는 데 자기 개가 없었다면 영영 잃어버리고 말았다고 했다. 동물보 호소 직원들은 아무래도 차에 치인 모양이라고 말했다는 것이 었다. 영감이 경찰에서 그런 걸 확인할 수 없냐고 물었더니 소 리 소문 없이 매일같이 일어나는 일인데 어떻게 알겠냐고 대답 했다는 것이었다. 나는 살라마노 영감에게 다른 개를 또 기르면 되지 않냐고 말했다. 그러자 그는 오래 같이 살면서 정이 들어 그렇다고 했다. 일리 있는 말이었다.

나는 침대 위에 몸을 웅크리고 앉았고, 살라마노 영감은 탁자 앞 의자에 앉았다. 영감은 두 손을 무릎에 올리고 나와 마주 앉 아 있었다. 해진 중절모를 쓴 노인은 누런 수염 밑으로 입술을 움직이면서 말을 삼키듯 중얼거렸다. 나는 그와 마주 보고 있기가 좀 거북했다. 그러나 딱히 할 일도 없고 잠도 오지 않아 무슨 얘기든 해야겠다 싶어서 개에 대해 물어보았다.

영감은 아내가 죽고 나서 개를 기르기 시작했다고 했다. 그는 꽤 늦은 나이에 결혼을 했다. 젊었을 때는 연극을 무척 좋아해서 군대 시절 보드빌(춤과 노래를 곁들인 풍자극 ─ 옮긴이)에 출연한 적도 있다는 것이었다. 하지만 결국 철도국에 들어갔는데 후회는 없다고 했다. 덕분에 적으나마 연금이 나온다는 것이었다. 썩 행복한 건 아니었지만 대체로 아내에게 맞춰 그럭저럭 살았다고 했다. 그러다 아내가 세상을 떠난 뒤로 적적함을 달래려고 직장 동료한테 강아지를 한 마리 얻었다는 것이다. 젖병을 물려야 할 정도로 어린 강아지였다. 그런데 개의 수명은 사람의 수명보다 짧아서 어느새 그들은 함께 늙어갔다. 영감이 말했다.

"성질이 괴팍한 놈이어서 우리는 자주 싸웠어요. 그렇지만 좋은 놈이었죠."

내가 혈통이 좋은 개였다고 하자 살라마노 영감은 그렇다고 하며 기분 좋은 표정을 지었다.

"병에 걸리기 전에는 못 보셨죠? 그때는 얼마나 멋진 털을 가졌는지 몰라요."

개가 피부병에 걸리자 영감이 매일 아침저녁으로 연고를 발라주었다고 했다. 그의 말로는 개의 병은 노환인데, 노환은 고칠 수 없다는 것이었다.

그때 내가 하품을 하자 영감은 이제 가봐야겠다고 말했다. 나는 더 있어도 된다고 하면서 개가 그렇게 되어서 참 안됐다고 했다. 그러자 노인이 고맙다고 인사했다. 그러면서 엄마가 그 개를 무척 예뻐했다고 말했다. 영감은 엄마 이야기를 꺼내며 '가엾은 분'이라고 했다. 그는 엄마가 돌아가셨으니 얼마나 슬프겠느냐고 말했다. 하지만 나는 아무런 대꾸도 하지 않았다. 그러자 영감은 멋쩍은 표정으로 재빨리 말했다. 그러니까 영감은 동네 사람들 모두 엄마를 양로원에 보낸 나를 불효막심한 자식이라고 수군거렸지만 자기는 내가 어떤 사람인지, 그리고 어머니를 얼마나 사랑했는지 잘 알고 있다고 말했다. 지금도 그때 내가 왜 그랬는지 모르겠지만, 나는 동네 사람들이 나를 좋지 않게 본다는 사실을 지금까지 몰랐고, 엄마를 부양할 돈이 없는데 양로원에 보낼 수밖에 없지 않겠냐고 말했다. 그러고는 내가 덧붙였다.

"게다가 오래전부터 엄마는 나하고 말도 잘 안 통해서 몹시 외로워하셨죠."

"그렇죠. 적어도 양로원에는 친구들이 있으니까요."

영감은 이렇게 말하고는 실례 많았다며 자리에서 일어났다. 자러 가려는 것이었다. 그는 생활의 큰 변화를 어떻게 받아들여야 할지, 또 앞으로 어떻게 살아가야 할지 모르겠다고 했다. 서로 알고 지낸 이후 처음으로 그가 나에게 손을 내밀어 악수를 청했다. 그의 손은 마치 피부 비늘처럼 까칠했다. 그는 씩 웃으며 방을 나가려다 한마디 던졌다.

"오늘 밤은 개 짖는 소리가 들리지 않았으면. 혹시나 그놈이 아닌가 싶은 생각이 들 테니까요."

6

일요일만 되면 나는 좀체 일어나지 못했다. 마리가 와서 나를 부르며 흔들어 깨워야 했다. 우리는 아침도 거르고 일찍 해수욕을 가기로 했다. 나는 공허한 기분이었고, 머리도 좀 띵했다. 담배를 피우는데도 입맛이 쓰기만 했다. 마리는 내 얼굴이 '꼭 상을 당한 사람' 같다며 놀렸다. 그녀는 풀어서 내려뜨린 머리에 하얀 원피스를 입고 있었다. 내가 예쁘다고 하자 그녀는 웃으며 좋아했다.

우리는 층계를 내려오기 전에 레몽의 방 앞으로 가서 문을 두드렸다. 그는 곧 나갈 거라고 대답했다. 거리로 나가 넓게 내리쬐는 뜨거운 햇빛 속에 서자 마치 따귀를 얻어맞은 것 같은 느낌이었다. 원래 피곤하기도 한 데다 덧문도 열지 않고 있었던 탓이었다. 마리는 몇 번이나 날씨가 너무 좋다고 하며 껑충껑충 뛰었다. 나는 기분이 좀 좋아지는 듯하자 배가 고팠다. 마리에게 배가 고프다고 하자 그녀는 들고 있던 비치백을 열어 보였는데 그 속에는 우리 둘의 수영복과 수건밖에 없었다. 할 수 없이 나는 기다려야 했다. 마침내 레몽의 방문이 닫히는 소리가 들렸다. 레몽은 하늘색 바지와 짧은 소매의 하얀 셔츠를 입고 나왔다. 게다가 밀짚모자를 쓰고 나타났는데, 그 모습을 보고 마리가 우스꽝스럽다며 한바탕 법석을 떨었다. 더군다나 하얀 팔뚝에는 검은 털이 수북이 덮여 있었다. 내가 보기에도 흉한 모양새였다. 그러나 그는 기분이 좋은지 휘파람까지 불며 계단을 내려왔다. 그가 나를 보고 "잘 지냈나, 친구?"라고 했고, 마리에게는 '아가씨'라고 불렀다.

어제 나는 그를 따라 경찰서에 가서 그 여자(레몽의 정부)가 그에게 파렴치하게 굴었다고 증언해주었다. 레몽은 경고를 받는 정도로 풀려났다. 내 증언에 꼬투리를 다는 사람은 없었다. 문 앞에 서서 의논한 뒤 우리는 버스를 타고 가기로 했다. 바닷가가 멀지 않아서 전차보다 버스가 더 빨랐던 것이다. 레몽은 우리가 일찍 가면 자기 친구가 더 좋아할 거라고 했다.

우리가 막 걸어가려는데 갑자기 레몽이 눈짓으로 길 건너편을 가리켰다. 담배 가게 앞에 아랍인 패거리가 진열장에 기대서 있었다. 그들은 말없이 우리를 바라보고 있었지만, 마치 우리를 돌이나 죽은 나무쯤으로 생각하는 것 같았다. 레몽은 왼쪽에서 두 번째가 그놈이라고 말했다. 그는 걱정되는 듯한 기색이었으나 말로는 다 끝난 일이라고 했다. 아무것도 모르는 마리가 왜 그러냐고 묻기에 나는 아랍인들이 레몽한테 앙심을 품고 있다고 말했다. 마리는 얼른 가자고 했다. 레몽은 결연한 태도로 똑바로 서서 서두르는 게 좋겠다고 하며 웃었다.

우리는 조금 떨어진 버스 정류장으로 갔다. 레몽은 나에게 아랍인들이 따라오지 않는다고 말했다. 뒤돌아보니 아랍인들은 그 자리에 그대로 서서 우리가 있던 곳을 무심히 바라보고 있었다. 버스에 올라타자 레몽은 그제야 마음이 놓이는지 마리에게 계속 농담을 걸었다. 마리가 꽤 마음에 드는 모양이었다. 하지만 마리는 아무 대꾸도 하지 않고 가끔씩 웃어 보일 뿐이었다. 우리는 알제 교외에서 내렸다. 정류장에서 바닷가까지는 그리 멀지 않았지만, 바다를 내려다보며 해변까지 내리뻗은 작은 언덕을 지나가야 했다. 푸른색이 완연하게 자리 잡은 언덕에 노란 돌과 하얀 수선화가 뒤덮여 있었다. 마리는 재미 삼아 비치백을 휘저어 꽃잎을 떨어뜨리는 장난을 쳤다.

우리는 초록색 또는 하얀색 울타리의 작은 별장들이 늘어선 길을 걸어갔다. 베란다까지 타마리스크 잎이 뒤덮인 별장도 있었고, 바위 한가운데 우뚝 세워진 별장도 있었다. 언덕 끝에 도착하기도 전에 고요한 바다가 보였다. 저 멀리 맑은 바닷물 속에 잠겨 조는 것 같은 커다란 곶도 보였다. 고요한 분위기 속에서 모터 소리가 희미하게 들려왔다. 멀리서 고깃배 한 척이 눈부신 바다를 향해 조금씩 나아가고 있었다. 마리는 꽃창포를 몇 송이 꺾었다. 해변까지 내리뻗은 언덕길에서 보니 몇몇 사람들이 벌써부터 해수욕을 하고 있었다.

레몽의 친구네 별장은 해안 기슭에 자리 잡은, 나무로 지은 작은 집이었다. 집 뒤쪽에 바위가 있었고, 집 앞쪽을 받치고 있는 기둥은 물에 잠겨 있었다. 레몽이 자기 친구에게 마리와 나를 소개해주었다. 그 친구의 이름은 마송이었다. 그는 키가 크고 늘씬하며 어깨가 딱 벌어진 체격이었다. 그리고 그와 함께 있는 여자는 얼굴이 동그스름하고 예쁘게 생겼으며 파리 말씨를 썼다. 마송은 곧바로 편하게 지내라고 하면서 오늘 아침에 낚시해서 생선 튀김을 준비해뒀다고 말했다. 내가 집이 어쩜 이렇게 멋지냐고 하자 그는 주말과 휴일을 여기서 보낸다고 했다. 그러고는 덧붙였다.

"아내는 아무하고나 잘 지낸답니다."

마침 그의 아내가 마리와 웃고 있는 모습이 보였다. 내가 결혼을 할 수도 있겠다고 생각한 건 그때가 처음이었다.

마송이 해수욕을 하러 나가자고 했지만 그의 아내와 레몽은 내키지 않은 듯했다. 그래서 마송과 나, 마리, 이렇게 셋이 바닷가로 내려갔다. 마리는 곧장 바닷물에 뛰어들었다. 마송과 나는 잠시 서 있었다. 말투가 느릿느릿한 마송은 말끝마다 '더구나'라는 말을 붙이는 버릇이 있었다. 굳이 덧붙일 말이 없을 때도 그랬다. 말하자면 마리에 대해 이렇게 말하는 것이었다.

"아름답네요. 더구나 매력적이고요."

나는 온몸에 기분 좋게 내리쬐는 햇볕을 즐기느라 어느새 그의 말습관에 신경 쓰지 않았다. 발밑의 모래가 뜨거웠다. 나는 바다에 뛰어들고 싶은 충동을 억누르다가 이윽고 마송에게 "이제 들어가죠?"라고 말했다.

나는 물에 첨벙 뛰어들었다. 마송은 발이 밑바닥에 닿지 않을 때까지 천천히 걸어갔다가 바닷물에 몸을 내던졌다. 그는 어쭙잖게 발차기를 했다. 그래서 나는 그를 놔두고 마리한테 갔다. 수영을 하니 시원하고 좋았다. 나는 마리와 함께 헤엄을 치며 멀리까지 나갔다. 우리는 동작도 일치했고, 만족감도 일치했다.

우리는 바다 한가운데 둥둥 떠 있었다. 하늘을 바라보고 있으니 마치 태양이 입으로 흘러드는 물을 막아내 주는 듯했다. 마송은 모래밭에 드러누워 햇볕을 쬐고 있었다. 그의 모습이 멀리서도 꽤 크게 보였다. 마리가 같이 헤엄치고 싶다고 했다. 나는 뒤에서 그녀의 허리를 잡고 물장구를 치면서 그녀가 팔을 저으며 헤엄쳐 나가는 것을 도와주었다. 고요한 아침에 물장구치는 소리가 나직하게 들렸고, 마침내 나는 기운이 빠지고 말았다.

나는 마리를 놔두고 혼자 숨을 크게 몰아쉬며 헤엄쳐서 모래밭으로 나왔다.

나는 마송 옆으로 가서 배를 깔고 엎드려 얼굴을 모래에 묻었다. 내가 "기분이 참 좋다."고 하자 마송도 그렇다고 했다. 조금 있으니 마리가 물에서 나왔다. 나는 고개를 돌려 걸어오고 있는 그녀를 쳐다보았다. 소금물에 젖은 그녀의 몸은 윤기가 번들거리는 듯했고, 풀어 헤친 머리는 뒤로 늘어뜨리고 있었다. 그녀는 내 옆으로 와서 옆구리를 바싹 붙이고 누웠다. 그녀의 체온과 뜨거운 햇볕으로 열이 올라 나는 깜박 잠이 들었다.

마리가 점심 먹으러 가자며 나를 흔들어 깨웠다. 마송은 먼저 집으로 돌아갔다고 했다. 나는 배가 고팠던 터라 얼른 일어났다. 그러나 마리가 오늘 아침부터 한 번도 키스해주지 않았다고 말하는 것이었다. 사실이었다. 하지만 키스를 하고 싶지 않아서 그런 건 아니었다. 마리가 "물에 들어가요."라고 말했다. 우리는 곧바로 바닷물에 뛰어들어 잔잔한 물결 속으로 몸을 뻗었다. 우리는 평형으로 몇 번 헤엄쳐 나갔는데, 마리가 나한테 다가와 몸을 붙였다. 그녀가 자신의 다리로 내 다리를 휘감자 나는 정욕이 솟구쳤다.

우리는 집으로 돌아갔다. 마송은 진작부터 우리를 부르고 있었다. 내가 마송에게 배가 고파 죽겠다고 하자 그는 대뜸 아내에게 나를 가리키며 마음에 드는 친구라고 말했다. 빵도 맛있었고, 무엇보다 내 접시에 담겨진 생선을 걸신들린 듯 먹어치웠다. 그 뒤에 고기와 감자튀김이 나왔다. 우리는 말없이 먹기만 했다. 마송은 계속 술을 마시며 나한테도 따라주었다. 커피를 내왔을 때 나는 머리가 무거워 담배를 계속 피워댔다. 마송과 레몽과 나는 함께 돈을 모아 8월에 바닷가에서 같이 보내자는 얘기를 하고 있었다. 그때 갑자기 마리가 말했다.

"지금 몇 시인 줄 아세요? 11시 30분밖에 안 됐어요."

우리 모두 깜짝 놀랐다. 마송은 너무 일찍 점심을 먹기는 했지만, 결국 배고플 때가 밥 먹을 시간인 것 아니냐고 말했다. 뭣 때문인지 마리가 웃었다. 나는 술을 많이 마셔서 취한 것 같다고 생각했다. 마송은 나한테 바닷가로 산책을 나가자고 했다. 그가 말했다.

"아내는 점심 식사 후에 꼭 낮잠을 한숨 자거든요. 하지만 나는 싫어요. 걷는 게 좋아요. 아내한테 늘 걷는 게 몸에 좋다고 말하지만 결국 자기 하고 싶은 대로 하는 거죠."

마리는 남아서 마송의 아내를 도와 설거지를 하겠다고 했다. 그러자 키 작은 파리 여자가 그러려면 남자들 모두 내보내는 것이 좋겠다고 했다. 그래서 남자 셋이 바닷가로 내려갔다.

햇빛은 거의 수직으로 모래 위에 내리쬐고 있었다. 바다 위로 쳐다보기 힘들 만큼 강렬한 빛이 반사되었다. 그 시각 바닷가에는 아무도 없었다. 언덕 가장자리를 따라 바다를 내려다보며 늘어선 조그만 별장에서 접시며 포크, 스푼이 맞부딪치는 소리가 들려왔다. 땅 위로 솟은 바위에서 뿜어 나오는 열기에 숨이 막힐 지경이었다. 레몽과 마송은 내가 모르는 일과 사람들 얘기를 나눴다. 나는 그들이 오래 알고 지낸 사이이며, 한집에서 같이 생활한 적도 있다는 것을 알았다. 우리는 바다까지 내려가서 해변을 따라 걸었다. 가끔 잔잔한 파도가 밀려와 천 신발을 적셨다. 모자도 쓰지 않은 나는 햇빛을 그대로 받아 머리가 멍해서 아무 생각도 들지 않았다.

그때 레몽이 마송에게 무슨 말을 했는데, 나는 제대로 듣지 못했다. 그와 동시에 멀리 해변 끝 쪽에서 푸른 작업복 차림의 아랍인 둘이 우리를 향해 걸어오는 것이 보였다. 내가 레몽을 쳐다보자 그가 "그놈이야!"라고 말했다. 우리는 계속 걸어갔다.

마송은 그들이 어떻게 여기까지 따라왔냐고 물었다. 나는 아무 대답도 하지 않았지만, 우리가 비치백을 들고 버스에 올라타는 것을 그들이 보았으리라 생각했다.

천천히 걸어오던 아랍인들은 어느새 우리 가까이 있었다. 우리는 한결같은 속도로 걸어갔다. 레몽이 말했다.

"한판 붙게 되거든 마송 너는 다른 한 놈을 맡아. 저놈은 내가 상대할 테니. 뫼르소, 자네는 다른 놈이 나타나면 맡아줘."

나는 "좋아."라고 대답했다. 마송은 호주머니에 두 손을 찔러 넣었다. 뜨겁게 달궈진 모래가 지금은 조금 붉게 보였다. 우리는 한결같은 걸음으로 아랍인들에게 다가갔다. 그들과의 거리가 일정하게 좁혀졌다. 그들은 몇 걸음 간격을 두고 멈춰 섰다. 마송과 나는 걸음을 멈췄고, 레몽은 곧장 그놈 앞으로 다가갔다. 그가 아랍인 녀석에게 무슨 말을 하는지는 들리지 않았다. 다른 녀석이 머리로 받으려 하자 레몽이 한 대 후려치고는 마송을 불렀다. 마송은 자기가 맡기로 한 놈한테 달려들어 두 번 세게 쳤다. 녀석이 나가떨어지더니 바닷물에 얼굴을 처박았다. 잠시 그대로 있던 놈의 머리 주위에서 거품이 일어나 물 위로 떠올랐다. 그사이 레몽도 상대를 몇 대 쳤고 상대 녀석의 얼굴은 온통 피범벅이 되었다. 레몽이 나를 돌아보며 말했다.

"이놈 꼴 좀 봐!"

그때 내가 소리쳤다.

"조심해. 칼이야!"

그러나 레몽은 벌써 팔을 베이고 입이 찢겼다.

마송이 달려들 듯이 후다닥 뛰어왔으나 어느새 다른 한 놈이 일어나 칼을 든 놈 뒤로 가서 섰다. 우리는 꼼짝도 하지 못했다. 놈들은 우리한테서 눈을 떼지 않고 칼로 으르면서 조금씩 뒷걸음질하다 충분한 거리가 생겼다고 판단되자 잽싸게 달아났다. 그러는 사이 우리는 내리쬐는 햇빛을 받으며 그 자리에 박힌 듯이 서 있었고, 레몽은 피가 흐르는 팔을 움켜잡고 있었다.

마송은 일요일이면 이 언덕의 별장에 와서 머무는 의사가 있다고 했다. 레몽은 어서 거기 가자고 했다. 그런데 입을 열 때마다 피거품이 잔뜩 고였다. 마송과 나는 레몽을 양쪽에서 부축하고 별장으로 갔다. 레몽은 상처가 깊지 않아 혼자 걸을 수 있다고 하기에 마송과 둘이 의사를 찾아갔다. 나는 남아서 여자들에게 어떻게 된 일인지 들려주었다. 마송의 아내는 눈물을 흘렸고, 마리는 얼굴이 하얗게 질렸다. 나는 더 이야기하고 싶지 않아서 바다를 바라보며 계속 담배를 피웠다.

1시 30분쯤 레몽과 마송이 돌아왔다. 레몽은 붕대로 팔을 싸매고, 입가에는 커다란 반창고를 붙이고 있었다. 의사는 상처가 크지 않다고 했지만 레몽의 표정은 몹시 침울했다. 마송이 재미있게 해주려고 애쓰는데도 그는 입을 꾹 다물고만 있었다. 레몽이 일어나기에 내가 어디 가려고 하느냐고 물었다. 그는 바닷가로 내려가 바람을 좀 쐬고 싶다고 했다. 마송과 내가 같이 가자고 하자 레몽이 화를 내며 욕을 내뱉었다. 마송은 그의 비위를 거스르지 않는 게 좋겠다고 했지만 나는 기어이 그를 따라 나갔다.

우리는 꽤 오래 바닷가를 걸었다. 햇볕은 마치 밟아 누르듯 더욱 세게 내리쬐었다. 나는 레몽이 자신이 어디로 가는지 알고 있다고 생각했다. 하지만 내 생각이 틀렸던 것 같았다. 해변 끝까지 가니 큰 바위 뒤 모래밭에 작은 샘이 있었는데, 그 샘가에서 우리는 또다시 아랍인 둘과 부딪혔다. 그들은 기름때가 잔뜩 묻은 작업복 차림으로 누워 있었다. 마음을 삭인 듯 여유 있는 모습이었다. 우리를 보고도 꿈쩍도 하지 않았다. 칼을 휘두른 녀석이 말없이 레몽을 쳐다보았다. 다른 녀석은 갈대 피리를 불며 곁눈질로 우리를 계속 흘끔거렸다. 그는 갈대 피리로 세 가지 소리를 반복해서 불어댔다.

그곳에는 햇볕과 침묵만이 흐를 뿐이었다. 그리고 샘물 흐르는 소리와 세 가지 피리 가락만이 귓전을 맴돌았다. 레몽이 호주머니에 들어 있는 권총에 손을 갖다 댔다. 상대는 전혀 움직이지 않은 채 레몽과 마주 보고 있었다. 나는 피리를 불고 있는 녀석의 발가락이 바짝 곤두선 것을 보았다. 레몽은 상대에게 눈길을 고정한 채 나에게 물었다.

"혼 좀 내줘?"

하지 말라고 하면 스스로 더 흥분해서 방아쇠를 당겨버릴 것 같았다. 그래서 내가 말했다.

"상대가 아무 말도 하지 않았는데 바로 쏘는 건 좀 비겁한 것 같지 않아?"

고요한 침묵과 뜨거운 햇볕 속에서 물소리와 피리 소리만이 들려왔다. 그러자 레몽이 말했다.

"그럼 내가 먼저 욕을 퍼부어야겠군. 그리고 반발하면 그때 혼쭐을 내줘야겠어."

"하지만 저놈이 칼을 빼 들지 않는 한 쏘는 건 좀 그래."

내가 말했다. 레몽은 흥분되기 시작하는 듯했다. 한 놈은 계속 피리를 불었다. 하지만 두 녀석 다 레몽의 행동을 하나하나 주시하고 있었다. 내가 레몽에게 말했다.

"안 돼. 사내답게 맞서 싸우라고. 권총은 나한테 줘. 딴 놈이 덤벼들거나 저놈이 칼을 빼 들면 내가 혼쭐을 내줄 테니까."

레몽이 나에게 권총을 건네주었다. 그때 권총 위로 햇빛이 미끄러지듯 반사되었다. 그러나 우리는 마치 그 모든 것이 우리를 포위하고 있기라도 한 듯 꼼짝도 하지 않았다. 눈도 한 번 깜박하지 않고 서로를 노려보았다. 바다와 모래와 태양, 그리고 피리 소리와 물소리가 자아내는 이중의 침묵 속에서 모든 것들이 멈춰 있었다. 그 순간 나는 권총을 쏠 수도 있고 쏘지 않을 수도 있다고 생각했다. 그런데 아랍인 녀석들이 뒤로 물러나더니 바위 뒤로 달아나버렸다. 레몽과 나는 길을 되돌아갔다. 레몽은 기분이 좀 풀렸는지 버스를 타고 집으로 돌아갈 얘기를 했다.

우리는 함께 별장으로 돌아왔다. 그는 계단을 올라갔고, 나는 한 계단 올라서서 멈췄다. 햇빛을 너무 많이 쬐어서 머리가 띵했다. 게다가 여자들을 상대할 생각을 하니 기운이 빠졌다. 그러나 무지막지하게 내리쬐는 햇볕 아래 서 있기도 힘들었다. 어디나 다 똑같을 것이다. 하지만 조금 뒤에 나는 발길을 돌려 바닷가로 다시 나갔다.

여전히 모든 것이 붉게 작열하고 있었다. 바다의 잔물결이 모래 위에 가쁜 숨을 토해내는 듯했다. 나는 느릿느릿 바위 쪽으로 걸어갔다. 햇빛을 받아 머리가 부어 오른 것 같았다. 모든 더위가 일제히 나를 찍어 눌러 내 앞을 가로막는 듯했다. 그래서 뜨거운 바람이 얼굴을 스칠 때마다 이를 악물고, 주머니 속에서 권총을 꽉 움켜쥐며, 태양과 태양이 퍼붓는 알 수 없는 취기를 온 힘으로 버티는 것이었다. 모래나 하얀 조개껍데기, 깨진 유리 조각에 햇볕이 반사되어 번쩍일 때마다 턱이 부르르 떨렸다. 나는 꽤 오래 그렇게 걸었다.

저 멀리 햇빛과 바다의 먼지 같은 수증기가 만들어내는 눈부신 후광 속에서 거무스름한 바위가 조그맣게 보였다. 나는 바위 뒤에 있는 시원한 샘물을 떠올리며 그 속삭임을 다시 듣고 싶었다. 그리고 태양과의 힘겨운 싸움과 여자들의 눈물에서 벗어나 마침내 그늘을 찾아 그 밑에서 쉬고 싶은 마음이 간절했다. 그러나 거기에 다가가 보니 레몽과 대적한 그놈이 어느새 돌아와 있었다.

그는 혼자였다. 두 손으로 목덜미를 받치고 반듯이 누워 있었다. 얼굴만 바위 그늘에 두었고, 온몸에 뙤약볕이 내리쬐었다. 찌는 듯한 더위로 푸른 작업복에서 김이 피어올랐다. 나는 조금 놀랐다. 이미 끝난 일이라 여기고 별 생각 없이 거기에 갔던 것이다.

나를 보는 순간 그가 몸을 조금 일으키더니 주머니에 손을 넣었다. 나 또한 주머니 속에서 권총을 틀어쥐었다. 나는 그로부터 10미터쯤 멀찍이 떨어져 있었다. 나는 그가 반쯤 감은 눈으로 나를 보고 있다는 것을 알아챘다. 그러나 이글거리는 대기 속에서 내 눈에는 그의 모습이 아른아른 보였다. 점심때보다 물결은 더 잔잔해지고 파도 소리도 더 잦아들었지만, 모래 위로 쏟아지는 햇빛은 여전했다. 2시간 전부터 태양은 느린 걸음을 아예 멈추고 끓는 용광로 같은 바다에 닻을 내렸던 것이다. 수평선을 지나가는 작은 증기선이 보였다. 아랍인 녀석한테서 잠시도 눈을 떼지 않고 있었기 때문에 한쪽 눈에 비친 증기선이 검은 점처럼 보였다.

내가 뒤돌아서 가버리면 다 끝나리라는 생각이 들었지만 햇볕이 이글거리는 해변 전체가 뒤에서 나를 옥죄고 있는 듯했다.

나는 샘으로 몇 걸음 다가갔다. 아랍인은 꿈쩍도 하지 않았다. 아직까지는 그와의 거리가 꽤 멀었다. 얼굴에 그늘이 져서 그런지 그가 웃고 있는 것 같았다. 나는 가만히 기다렸다. 뜨거운 태양의 열기에 뺨이 불에 달궈지는 것 같았고, 눈썹에 땀방울이 맺혔다. 엄마의 장례를 치르던 날과 똑같이 내리쬐는 햇빛이었다. 나는 그날처럼 머리가 지끈거리고 피부 속에서 모든 정맥이 들끓는 것 같았다.

나는 태양의 열기를 도저히 견딜 수가 없어서 한 걸음 내디뎠다. 한 걸음으로는 햇빛을 피할 수 없다는 것을 나는 잘 알고 있었다. 그러나 나는 단지 한 걸음을 떼었을 뿐이다. 그러자 아랍인이 몸을 일으키지도 않고 칼을 빼 들어 햇빛 속에 서 있는 나를 겨눴다. 금속에 반사되어 번쩍이는 빛이 길쭉한 칼날처럼 내 이마를 찌르는 것 같았다. 그와 동시에 눈썹에 맺힌 땀이 한꺼번에 주르륵 흘러내리면서 눈 위에 미지근하고 두꺼운 막을 씌우는 것이었다. 눈물과 소금 장막에 가려 나는 눈앞이 보이지 않았다. 이마에서 울리는 태양의 심벌즈 소리와 나를 향해 똑바로 뻗은 칼날에 반사되어 번쩍이는 빛을 느낄 뿐이었다. 이글거리는 듯한 빛의 칼날이 내 속눈썹을 헤치고 두 눈을 파내려는 것 같았다.

온몸에 동요가 일어나기 시작한 것은 그때였다. 무지근하고 후텁지근한 바닷바람이 불어왔다. 활짝 갠 하늘은 마치 불을 쏟아붓는 듯했다. 온몸에 긴장감이 퍼지면서 나는 권총을 꽉 틀어쥐었다. 나는 권총의 미끈한 배를 느끼는 순간 방아쇠를 당겼다. 탕 하는 짧고 찢어질 듯 날카로운 소리와 함께 모든 것이 시작되었다. 나는 땀과 햇볕을 떨쳐냈다. 나는 한낮의 균형과, 나 자신이 행복을 느꼈던 바닷가의 그 예외적인 침묵을 깨뜨렸다는 것을 깨달았다. 그 순간 나는 꿈쩍도 하지 않는 몸뚱이에 네 발을 더 쐈다. 총알은 흔적조차 남지 않을 정도로 깊이 박혔다. 그것은 마치 불행의 문을 두드리는 네 번의 노크 소리 같은 것이었다.

제2부

1

나는 체포되자마자 몇 차례 심문을 받았다. 그러나 그것은 신원 확인을 위한 짧은 심문일 뿐이었다. 처음에는 경찰이 내 사건에 별 관심을 보이지 않는 것 같았다. 그런데 일주일 뒤 예심 판사가 호기심 어린 표정으로 나를 보았다. 일단 주소, 이름, 직업, 생년월일, 출생지부터 묻고 나서 변호사를 선임했는지 물어보았다. 나는 그러지 않았다고 하면서 꼭 그래야 하냐고 되물었다. 그러자 그가 "왜죠?"라고 물었다. 내가 지극히 간단한 사건 아니냐고 하자 그가 웃으면서 말했다.

"그렇게 생각할 수도 있죠. 하지만 이건 법적인 절차입니다. 당신이 변호사를 선임하지 않으면 우리가 국선변호사를 지정해 줘야 합니다."

사법부가 그런 세부적인 일까지 관여하다니 참 편하다고 내가 말하자 판사도 그렇게 생각한다면서 법률제도가 참 잘되어 있다고 말했다.

처음에 나는 판사 앞에서 진지한 태도를 보이지 않았다. 나는 커튼을 둘러친 방으로 불려갔다. 책상 위에 놓인 등불이 오직 내가 앉은 의자만을 비추고 있었고, 그는 그림자 속에 서 있었다. 언젠가 책에서 이러한 장면을 읽은 적이 있어서인지 모두 장난처럼 느껴졌다. 이야기를 끝마치고 나서 자세히 살펴보니 그는 단정한 얼굴에 푸른 눈이 푹 들어가 박혔고, 잿빛 수염에 숱 많은 머리칼이 백발에 가까운 키 큰 남자였다. 그는 꽤 지각 있는 사람 같았고, 신경성으로 입술을 실룩거리는 버릇이 있기는 했지만, 친절하게 대해주었다. 그래서 방을 나갈 때 나는 그에게 악수를 청할 뻔했다. 그러나 그때 비로소 내 자신이 사람을 죽인 범죄자라는 것을 깨달았다.

다음 날 변호사가 교도소로 나를 찾아왔다. 땅딸막하고 머리를 신경 써서 빗어 올린 젊은 남자였다. 더운 날씨에도(나는 셔츠 차림이었다) 검은 양복을 입고 칼라 끝이 빳빳하게 접힌 셔츠에 검은색과 흰색 줄무늬의 독특한 넥타이를 매고 있었다. 그는 옆구리에 끼고 있던 가방을 내 침대에 놓더니 자기소개부터 했다. 그러고는 기소 서류를 살펴봤는데, 쉽지는 않겠지만 자기만 믿으면 반드시 승소할 수 있다고 했다. 내가 고맙다고 인사하자 그가 말했다.

"자, 그럼 시작해봅시다."

그는 침대에 걸터앉더니 우선 내 사생활을 좀 알아봤다고 했다. 얼마 전 양로원에 계시던 어머니가 돌아가신 것을 알고 마랭고까지 조사원을 보냈고, 엄마의 장례를 치르는 내내 '내가 무심한 태도를 보였다'는 것도 알아냈다는 것이었다. 그러고는 변호사가 말했다.

"알다시피 이런 것을 묻기는 좀 뭣하지만 아주 중요한 질문입니다. 내가 그 점에 대해 제대로 답변하지 못하면 검사 측에 중대한 논거가 될 겁니다."

그러면서 그가 적극적으로 협조해달라고 했다. 그는 그날 슬펐냐고 물었다. 나는 몹시 놀랐다. 나 같아도 그런 질문을 하기가 무척 곤란했을 거라는 생각이 들었다. 그러나 나는 자문하는 습관을 들이지 못해 정확하게 대답할 수 없다고 했다. 그리고 나는 당연히 엄마를 사랑했지만 그런 건 별로 중요하지 않고, 건전한 사람도 사랑하는 사람이 죽기를 바라는 일말의 감정을 느끼기도 한다고 말했다. 그러자 변호사는 엄청 흥분하며 내 말을 끊더니 재판 때나 예심판사 앞에서는 절대 그런 말을 하면 안 된다고 했다. 그러나 나는 내 자신이 감정보다는 육체적인 욕구에 더 휘둘리는 성격이라고 말했다. 나는 엄마의 장례 때 너무 피곤해서 졸음이 몰려왔고, 그래서 뭐가 뭔지도 알 수 없었다고 했다. 그리고 분명한 건 엄마가 돌아가시지 않았으면 좋았을 거라는 점이라고 말했다. 그러나 변호사는 여전히 못마땅한 기색으로 말했다.

"그 정도로는 안 됩니다."

그는 곰곰이 생각하더니 그날 내가 감정을 억눌렀다고 진술해도 되겠냐고 물었다.

"아니요. 그건 사실이 아니에요."

내가 대답했다. 그는 혐오스럽다는 듯이 묘한 눈길로 나를 쳐다보았다. 그는 조금 사나운 투로, 아무튼 양로원 원장과 직원들이 증인으로 나올 텐데, '그렇게 되면 그 문제로 골치 아프게 될지도 모른다'고 말했다. 나는 그런 것들은 이번 사건과 아무 상관 없는 일이라고 했다. 그러자 그는 내가 사법기관을 상대해

본 적이 없다는 건 알 만하다고 말했다.

그는 화난 표정을 지으며 돌아갔다. 나는 그와 함께 있으면서 그가 나에 대해 좋은 감정을 가지게 하고 싶었다. 나를 잘 변호해주기를 바라서가 아니라 그저 자연스럽게 그런 마음이 들었던 것이다. 무엇보다 나는 그를 난처하게 만들었다는 것을 알았다. 그는 나를 이해하지 못할뿐더러 못마땅하게 여겼다. 내가 보통 사람들과 다름없는, 다른 사람들과 똑같은 사람이라는 점을 그에게 확실하게 말하고 싶었다. 하지만 그런다 한들 별 소용 없을 것 같았고, 설명하기 귀찮아서 그만두고 말았다.

조금 있다가 나는 다시 예심판사 방에 불려갔다. 오후 2시였는데, 엷은 커튼으로 약해진 햇빛이 그의 사무실에 한껏 들어왔다. 날씨가 굉장히 더웠다. 그는 나에게 앉으라고 하고는, 내 변호사는 갑자기 일이 생겨 참석하지 못한다고 정중하게 말했다. 하지만 변호사를 동반하기 전까지 묵비권을 행사할 수 있다고 말했다. 그러나 나는 스스로 대답할 수 있다고 했다. 그가 책상 위의 벨을 누르자 젊은 서기가 들어와 내 뒤에 마련된 자리에 앉았다.

예심판사와 나는 팔걸이의자 등받이에 몸을 기댔다. 심문이 시작되자 그는 먼저 내가 내성적이라 말수가 적다고 주위 사람들이 그러던데 그 점에 대해 어떻게 생각하느냐고 물었다. 내가 대답했다.

"나는 딱히 할 말이 없어서 그러는 것뿐입니다."

그는 처음 만났을 때처럼 싱긋 웃으면서 확실한 이유가 될 만하다고 했다. 그러더니 덧붙였다.

"뭐, 그런 건 중요한 문제가 아니오."

그는 입을 다물고 가만히 나를 쳐다보았다. 한동안 그러고 있더니 돌연 의자에 기대고 있던 몸을 세우고 빠른 어투로 말했다.

"내가 알고 싶은 건 당신이라는 사람이오."

나는 무슨 뜻인지 알 수 없어서 가만히 있었다. 그가 계속 말했다.

"그러니까 당신의 행동에는 이해하기 힘든 부분이 많소. 그러니 내가 납득할 수 있도록 도와달라는 거요."

나는 그 모든 것이 너무나 간단하다고 대답했다. 그는 그날의 사건에 대해 자세히 이야기해보라고 했다. 나는 지난번 했던 이야기를 요약해서 다시 한번 말했다. 레몽, 바닷가, 해수욕, 싸움,

다시 바닷가, 작은 샘, 태양, 권총 다섯 발.

그는 내가 한마디 할 때마다 '네', '좋소'라고 추임새를 넣었고, 이야기가 쓰러진 몸뚱이에 이르렀을 때는 '잘했소'라고 독려하는 것이었다. 나는 같은 이야기를 반복하기가 지긋지긋했다. 지금까지 그처럼 말을 많이 한 적도 없었던 것이다.

그는 잠시 말없이 앉아 있다가 일어나더니, 나를 도와주고 싶다, 흥미로운 사람이다, 하느님의 도움으로 힘써 주고 싶다고 했다. 그러고는 그 전에 몇 가지 물어보고 싶은 것이 있다더니 돌연 엄마를 사랑했느냐고 물었다.

"물론입니다. 다른 사람들처럼요."

내가 대답했다. 그때 규칙적으로 타이프를 쳐나가던 서기가 엉뚱한 키를 눌렀는지 당황하며 앞으로 되돌려서 다시 치는 것이었다. 뚜렷한 논리도 없이 그는 연달아 다섯 발을 쐈냐고 물었다. 나는 잠깐 생각해보고 나서 한 발을 먼저 쏘고, 몇 초 있다가 네 발을 연달아 쐈다고 대답했다.

"처음 쏘고 나서 왜 간격을 뒀소?"

그때 불타는 듯한 바닷가 모래밭이 눈앞에 떠올랐고, 이마 위로 햇볕이 내리쬐는 듯한 기분이 들었다. 나는 그 질문에 어떤 대답도 하지 않았다. 그 뒤로 계속 내가 아무 말이 없자 판사는 당황한 기색을 보였다. 그는 다시 의자에 앉아 손으로 머리를 헝클어뜨리더니 팔꿈치를 책상에 괴었다. 그리고 이상하다는 표정을 지으며 내 쪽으로 몸을 숙이더니 말했다.

"왜 그랬소? 왜 쓰러진 몸뚱이에 다시 총을 쐈느냐 말이오?"

나는 대답할 말이 없었다. 판사는 두 손으로 이마를 괴고 조금 다른 투로 다시 물었다.

"이유를 말해보시오. 대답해야 합니다. 왜 그랬소?"

내가 여전히 대답하지 않자 그가 벌떡 일어나 사무실 한구석으로 걸어갔다. 그는 서류함을 열고 은십자가를 꺼내 흔들며 자리로 돌아왔다. 그는 완전히 다른, 떨리는 목소리로 외쳤다.

"이게 뭔지 알겠소?"

"그럼요."

내가 대답하자 그는 흥분된 목소리로 빠르게 말을 쏟아냈다. 자기는 하느님을 믿으며, 하느님에게 용서받지 못할 죄는 이 세상에 없고, 하느님의 용서를 받고자 하는 사람은 진심으로 자기 죄를 뉘우치고 어린아이처럼 순수한 마음으로 모든 것을 받아들일 줄 알아야 한다는 것이었다. 그는 책상 위로 몸을 기울여

내 머리 위에서 십자가를 흔들었다. 솔직히 나는 그의 논리를 좇아가기 힘들었다. 우선 사무실이 너무 더운 데다 왕파리가 윙윙거리며 얼굴에 계속 달라붙어 신경이 쓰였으며, 또 그의 태도에 조금 겁을 먹기도 했던 것이다.

그리고 한편으로 판사의 행동이 우스꽝스럽기도 했다. 뭐라고 하든 나는 범죄자였기 때문이다. 그는 계속 지껄였다. 나는 그의 말을 대충 알아들었다. 말하자면 내 진술에 한 가지 모호한 점이 있는데, 바로 한 발을 쏘고 나서 두 번째 방아쇠를 당기기 전에 왜 간격을 두었냐는 것이었다. 다른 것은 다 납득이 가는데 그것만은 도무지 이해할 수 없다는 것이었다.

그 마지막 사항은 중요한 문제가 아니라고 생각했기 때문에 나는 그 문제에 계속 집착하는 것은 옳지 못하다고 말하려 했다. 하지만 그가 내 말을 가로막고 벌떡 일어나 하느님을 믿지 않느냐며 훈계를 하는 것이었다. 나는 믿지 않는다고 대답했다. 그는 화난 기색으로 자리에 다시 앉더니, 어떻게 그럴 수 있느냐, 모든 사람들이 하느님을 믿으며, 하느님을 도외시하는 사람들조차 마찬가지라고 말했다. 그것은 자기의 신념이며, 그것이 조금이라도 흔들리는 순간 자기 삶은 무의미해지고 만다는 것이었다. 그러면서 그가 소리쳤다.

"내 삶이 무의미해지기를 바라는 것이오?"

내가 생각하기에 나하고는 상관없는 일이라고 나는 대답했다. 그러자 어느 틈에 그는 예수의 십자가상을 손에 들고 책상 너머로 쑥 내밀며 내 눈앞에 갖다 대더니 정신 나간 사람처럼 소리쳤다.

"기독교 신자로서 나는 그리스도께 당신의 죄를 용서해달라고 기도하고 있어. 그리스도께서 당신을 위해 십자가를 짊어지셨다는 것을 왜 믿지 못하는 거지?"

어느새 그는 나에게 반말을 하고 있었다. 이제 나는 진저리가 났다. 방 안은 점점 더 더워졌다. 무시하고 싶은 사람에게서 벗어나고자 할 때면 늘 그랬듯이 나는 그의 말에 수긍하는 척했다. 그러자 놀랍게도 그가 의기양양하게 소리쳤다.

"그것 보라고. 당신도 믿고 있잖아. 하느님께 자신을 맡기려는 거지? 그렇지?"

물론 나는 이번에도 아니라고 대답했다. 그는 의자에 털썩 주저앉았다. 그는 몹시 피곤한 기색이었다. 그는 잠시 묵묵히 앉아 있었다. 우리가 대화를 하지 않는 동안에도 타자기는 쉬지 않고 마지막 이야기를 치고 있었다. 그는 불쌍하다는 표정으로 망연히 나를 쳐다보더니 중얼거렸다.

"당신처럼 고집스런 사람도 처음 보는군. 내 앞에 불려온 죄인 중에 고뇌의 십자가상을 보고 눈물을 흘리지 않은 사람이 없었소."

그들은 죄인이니 그런 것 아니냐고 말하려다 그만두었다. 나역시 그들과 마찬가지라는 생각이 들었기 때문이다. 그러나 내가 죄인이라는 사실이 도무지 실감 나지 않았다.

판사가 일어났다. 심문이 끝난 것이었다. 그는 조금 지친 표정으로 후회하지 않느냐고 나에게 물었다. 나는 잠시 생각하고 나서 후회보다 귀찮은 마음이 앞선다고 말했다. 그는 이해할 수 없다는 표정을 지었다. 그날은 그쯤에서 끝났고, 더 이상 진전된 일이 없었다.

그 뒤로 나는 몇 차례 더 예심판사에게 불려갔다. 이번에는 매번 변호사와 함께 들어갔고, 지난번 진술한 것을 조금 더 자세히 말하는 정도였다. 그것 말고는 판사는 변호사와 기소 이야기를 했는데, 그럴 때 나는 안중에도 없는 것 같았다. 어쨌든 심문하는 판사의 어조가 조금씩 달라졌다. 판사는 더 이상 나에게 흥미를 느끼지 못했고, 내 사건에 대한 정리가 이미 끝난 듯했다. 그가 내 앞에서 하느님을 들먹이며 흥분하는 일도 없었다. 그러다 보니 심문할 때 분위기는 점점 더 좋아졌다. 나한테 몇 가지 질문을 하고 변호사와 간단하게 이야기를 나누고 나면 끝이었다. 판사의 말로 내 사건은 착착 진행되고 있다는 것이었다. 일반적인 이야기가 오갈 때는 나도 대화에 끼어들곤 했다. 그럴 때는 숨통이 트이는 듯했다. 아무도 나를 괴롭히거나 윽박지르지 않았기 때문이다. 자연스러운 분위기에서 순조롭게 진행되다 보니 어이없게도 나는 마치 가족들하고 같이 있는 듯한 기분을 느끼는 것이었다.

그렇게 11개월 동안 나는 예심을 치렀다. 예심이 끝난 뒤, 가끔 판사가 문 앞까지 나와서 내 어깨를 토닥거리며 정겨운 투로 "오늘은 다 끝났소, 반기독교 친구!"라고 말하는 그 순간을 나 자신이 즐기고 있었다는 사실을 깨닫고 깜짝 놀라지 않을 수 없었다. 판사의 방문을 나서는 순간 나는 곧바로 헌병에게 인계되었는데 말이다.

2

절대 말하고 싶지 않은 일들도 있었다. 교도소에 들어오고 며칠 지났을 때 나는 내 삶에서 이 시기의 일들은 절대 말하고 싶지 않으리라는 것을 깨달았다. 그 뒤 그런 꺼림칙한 기분은 별로 중요하지 않다는 생각이 들었다. 사실 처음에는 교도소에 수감되었다는 사실이 실감 나지 않았다. 나는 새로운 사건이 일어나리라는 막연한 기대를 품고 있었다.

모든 것은 처음이자 마지막으로 마리가 면회를 오고 난 뒤부터 시작되었다. 그녀의 편지를 받은 날(마리는 편지에서 자기는 내 아내가 아니기 때문에 더 이상 면회가 허락되지 않는다고 적었다), 바로 그날부터 나는 감방이 내 집이고, 거기서 내 삶이 멈춰버렸다는 것을 절감했다.

체포되던 날 나는 일단 유치장에 수감되었다. 함께 갇혀 있던 수감자 대부분이 아랍인이었다. 그들은 나를 보며 웃더니 무슨 짓을 저질렀냐고 물었다. 내가 아랍인 하나를 죽였다고 하자 모두 일제히 입을 다물었다. 이윽고 저녁이 되어 잠잘 시간이 되자 그들은 자리 펴는 법을 알려주었다. 한쪽 끝을 말아 베개로 사용할 수 있는 돗자리였다. 밤새 얼굴 위를 빈대가 끊임없이 기어 다녔다.

며칠 뒤 나는 독방으로 옮겨졌다. 그곳에서는 널빤지 침대에서 잘 수 있었고, 변기통과 양철 대야도 있었다. 교도소는 도시에서 가장 높은 지대에 있었기 때문에 작은 창으로 바다가 보였다. 어느 날 햇빛이 들어오는 철창에 매달려 얼굴을 대고 있을 때 간수가 들어오더니 누가 면회 왔다고 알려주었다. 나는 마리라고 생각했는데 과연 그랬다.

긴 복도를 걸어가서 계단을 지나 또다시 복도를 걸어가니 면회실이 있었다. 널따란 창문으로 햇빛이 비쳐 드는 아주 큰 방이었다. 면회실은 커다란 철창 2개로 가로막아 세 칸으로 나뉘어 있었다. 8미터에서 10미터가량 되는 철창 사이의 간격을 두고 면회자와 죄수가 만나는 것이었다. 앞쪽에 줄무늬 원피스를 입고 얼굴이 햇볕에 그은 마리가 있었다. 내 쪽에 함께 있던 죄수 여남은 명 모두 아랍인이었다. 마리 양옆으로 무어인 여자 둘이 있었다. 하나는 작은 키에 검정색 옷차림을 하고 입을 앙다문 노파였고, 다른 하나는 모자도 쓰지 않은 뚱뚱한 여자였는데, 그녀는 요란한 몸짓을 해대며 소리치듯 이야기했다. 철창을

사이에 두고 있어서 면회자든 죄수든 최대한 목소리를 높여야
했다.

면회실에 들어섰을 때 나는 넓고 텅 빈 공간의 벽에 부딪혀
울리는 시끄러운 목소리와 유리창으로 쏟아져 들어오는 햇빛
으로 머리가 어지러울 지경이었다. 내 감방은 조용하고 어둠침
침했던 것이다. 처음에는 잠시 아무것도 눈에 들어오지 않았다.
하지만 얼마 지나지 않아 밝은 빛에 익숙해졌고, 사람들 얼굴이
또렷이 보였다. 철창 사이의 복도 끝에 간수 하나가 앉아 있는
것이 보였다. 아랍인 죄수들과 가족들은 대부분 웅크리고 앉아
서로 마주 보고 있었다. 그들은 시끄러운 면회실 안에서도 목소
리를 높이지 않고 조용조용 말을 주고받았다. 아래쪽에서 울리
는 작은 속삭임은 머리 위에서 오가는 말소리와 대조적으로 저
음을 이루고 있었다. 마리와 마주 서는 그 한순간에 나는 그 모
든 것을 알아챘다. 벌써 철창에 바싹 붙어 선 그녀는 애써 웃음
을 보였다. 내 눈에 그녀가 무척 아름다워 보였으나 그런 말은
할 수가 없었다.

"좀 어때요?"

그녀는 목소리를 높여 말했다.

"괜찮아."

"불편한 건 없어요? 필요한 게 있으면 말해봐요?"

"아냐, 다 있어."

우리의 대화는 여기서 중단되었다. 그녀는 계속 웃음 짓고 있
었다.

뚱뚱한 여자가 내 옆에 있는 남자에게 울면서 소리쳤다. 남편
으로 보이는 그는 진솔한 인상을 풍겼고, 금발에 키가 큰 남자
였다. 그들은 쉬지 않고 계속 이야기를 주고받았다.

여자가 소리쳤다.

"잔이 그를 맡지 않겠대요."

"그래."

남자가 말했다.

"당신이 나오면 다시 그를 맡을 거라고 했는데도 그러지 않겠
대요."

그때 마리가 레몽이 안부 전해달라고 했다기에 고맙다고 말
했다. 그러나 내 목소리는 "그는 잘 있나?"라는 옆의 남자 목소
리에 묻혀버렸다. 그의 아내는 "아주 잘 지내요."라고 소리치면
서 웃었다. 내 왼쪽에 서 있는 젊은이는 아무 말도 하지 않았다.

손이 가느다랗고 몸집이 작은 그는 건너편의 자그마한 노파와 서로 바라보고만 있었다. 그러나 나는 두 사람을 자세히 살펴볼 시간이 없었다. 마리가 희망을 잃지 말라고 소리치기에 나는 "그래."라고 대답했다. 그때 마리를 우두커니 바라보고 있으니 옷 위로 그녀의 어깨를 끌어안고 싶은 충동이 불쑥 솟았다. 나는 그 엷은 천을 느끼고 싶었는데, 그것 말고 어디에 희망을 걸어야 할지 알 수 없었다. 마리도 그런 뜻으로 말한 것이었으리라. 그녀는 계속 웃음을 짓고 있었는데, 그녀의 빛나는 치아와 눈주름밖에 눈에 들어오지 않았다. 그녀가 또 소리쳤다.

"당신은 나올 거예요. 그럼 우리 결혼해요!"

"그렇게 생각해?"

나는 아무 말이나 빨리 해야 했기에 그렇게 대답하고 말았다. 그녀는 목소리를 높여 아주 빠른 속도로 그렇다고 하면서 나는 나오게 될 것이고, 그러면 바닷가에 가서 또 해수욕을 하자고 했다. 그녀 옆에 있던 여자도 큰 소리로 서기과에 바구니를 맡겨뒀다며 그 속에 뭐가 들었는지 일일이 열거하는 것이었다. 적지 않은 돈이 들었기 때문에 없어진 게 없는지 확인해야 한다는 것이었다. 왼쪽에 서 있는 젊은이와 그 어머니는 여전히 말없이 서로를 바라보기만 했다. 아랍인들의 낮은 목소리도 우리 발밑에서 계속 웅얼거렸다. 바깥으로는 햇빛이 유리창에 부딪혀 더 크게 팽창되는 듯했다.

나는 몸이 좋지 않아서 그만 나가고 싶었다. 시끄러운 소리를 계속 듣고 있기가 고통스러웠다. 하지만 한편으로는 마리의 존재를 좀더 느끼고 싶었다. 얼마나 시간이 흘렀는지는 알 수 없었다. 마리는 계속 웃으며 자기 이야기를 했다. 소곤거리는 소리, 크게 외치는 소리, 사람들의 대화가 서로 교차했다. 말없이 서로를 바라보고 있는 젊은이와 노파만 침묵의 외딴섬을 이루고 있었다. 아랍인들이 한 사람씩 끌려 나갔다. 맨 먼저 한 사람이 나가자 모든 사람들이 일제히 입을 다물었다. 자그마한 노파가 철창으로 바싹 다가섰다. 그와 동시에 간수가 손짓하자 젊은이가 "안녕히 가세요, 엄마."라고 말했다. 노파는 쇠창살 틈으로 손을 뻗어 아들을 향해 천천히 오래도록 손을 흔들었다.

노파가 나감과 동시에 한 남자가 모자를 들고 들어왔다. 그는 노파가 있던 자리에 서더니 방금 끌려 들어온 죄수와 나지막한 목소리로 열심히 이야기를 나눴다. 면회실이 다시 조용해졌던 것이다. 내 오른편에 서 있던 남자가 나갈 차례였다. 그러자 그의 아내는 목소리를 높이지 않아도 된다는 것을 미처 깨닫지 못하고 여전히 큰 소리로 외쳤다.

"몸조심하고 잘 지내요."

나도 나갈 차례가 되자 마리가 키스하는 시늉을 했다. 나가기 전에 나는 다시 한번 돌아보았다. 마리는 얼굴이 찌그러지도록 창살에 바싹 대고 우두커니 서서 어쩌지 못하는 굳은 표정으로 애써 미소 짓고 있었다.

마리의 편지를 받은 것은 그로부터 얼마 지나지 않아서였고, 그날부터 내가 결코 말하고 싶지 않은 일들이 일어나기 시작했다. 어떤 일이든 과장해서는 안 될 텐데, 그런 거라면 다른 사람에 비해 나에게 더 쉬운 일이었다. 처음 교도소에 수감되고 나서 가장 힘들었던 것은 내가 자유로운 몸이었을 때의 사고를 버리지 못한다는 것이었다. 예를 들어 바닷가에 가서 바닷물에 뛰어들고 싶은 욕구가 솟구치는 것이었다. 발바닥에 부딪치는 잔잔한 물결, 바닷물에 몸을 담갔을 때의 그 촉감과 해방감, 그러한 것들을 상상하다 보면 새삼 감옥의 벽이 숨 막힐 듯 갑갑하게 느껴지는 것이었다. 나는 몇 달 동안이나 그런 심정을 떨쳐버리지 못했다. 그리고 그 이후부터는 죄수로서의 사고밖에 하지 못했다.

나는 매일 뜰을 산책하는 시간과 변호사를 기다렸다. 나머지 시간은 그럭저럭 보냈다. 그때 나는 고목나무 둥치 속에 갇혀 하늘을 바라보는 것 말고 다른 할 일 없이 살아간다 해도 점차 그 생활에 익숙해질 거라는 생각을 종종 했다. 그러면 나는 하늘을 나는 새나 구름이 모여드는 것을 기다릴 것이다. 지금 이곳에서 변호사가 맨 특이한 넥타이를 기다리듯이, 그리고 밖에 있을 때 마리의 몸을 껴안을 토요일을 기다리듯이 말이다. 그러나 곰곰이 생각해보면 나는 고목나무 둥치에 갇힌 것이 아니었다. 나보다 더 불행한 사람들도 얼마든지 있으니 말이다. 엄마가 늘 되뇌곤 하던 말이 있었다. 사람은 무슨 일에든 결국 익숙해지게 마련이라고.

더구나 나는 대체로 그런 지경까지 이르지는 않았다. 처음 몇 달은 몹시 괴로웠다. 하지만 노력한 결과 그럭저럭 시간을 보낼 수 있었다. 예를 들어 여자를 품고 싶은 욕구 때문에 고통스러웠다. 젊었으니 당연한 것이었다. 꼭 마리만 생각한 것은 아니었다. 어떤 여자든, 여러 여자를, 알고 지냈거나 좋아했거나 사귀었던 모든 여자를 떠올렸다. 덕분에 감방은 그녀들의 얼굴로 가득 차고 욕정으로 들끓었다. 그로 인해 평정을 잃기도 했지만, 한편으로는 시간을 보내는 데 도움이 되었다.

마침내 나는 식사 시간에 주방 사환과 함께 오는 간수장의 호감을 샀다. 여자 얘기는 그가 먼저 꺼냈다. 다른 사람들도 맨 먼저 하소연하는 것이 그 문제라고 했다. 다른 사람들도 그렇겠지만 나도 이건 부당한 처사라고 생각한다고 말했다. 그러자 간수장이 말했다.

"바로 그 때문에 당신들을 감옥에 가두는 거요."

"그 때문이라고요?"

"그럼요. 자유, 바로 그거요. 당신들한테서 그 자유를 빼앗는 거고요."

한 번도 그런 생각을 해본 적이 없었던 나는 그의 말에 동감하며 말했다.

"하긴, 그렇지 않으면 벌이라고 할 수도 없죠."

"그렇죠. 당신은 이해가 빠르군요. 다른 사람들은 그렇지 않은데. 하지만 종국에는 그들 스스로 욕구를 채운답니다."

그렇게 말하고 간수는 나갔다.

담배도 그랬다. 교도소에 수감되면서 나는 허리띠, 구두끈, 넥타이, 주머니에 들어 있던 것들, 특히 담배를 빼앗겼다. 독방으로 옮겨올 때 담배를 돌려달라고 부탁해보았지만 교도소 내에서는 담배를 금한다는 것이었다. 처음 며칠은 도무지 견딜 수가 없었다. 그 때문에 가장 낙담했을 것이다. 심지어 나는 널빤지 침대에서 나뭇조각을 뜯어서 빨기도 했다. 그랬더니 하루 종일 욕지기가 나는 것이었다. 아무에게도 해를 입히지 않는 물건을 뺏어가는 이유를 도무지 알 수 없었다. 나중에는 결국 그것도 일종의 형벌임을 깨달았다. 하지만 그때는 이미 담배를 피우지 않는 것에 적응된 터여서 나에게는 더 이상 형벌이라고 할 수 없었다.

그런 불편 말고는 나는 생각만큼 불행하지 않았다. 거듭 말하지만 시간을 어떻게 보내느냐 하는 것이 가장 큰 문제였다. 지난 일들을 돌이켜보는 습관을 들이자 괴로울 정도로 무료하거나 하지는 않았다. 나는 가끔 내 방을 떠올렸다. 한구석에서 시작해 한 바퀴 돌아 처음으로 돌아오면서 방에 놓인 물건들을 생각하는 것이었다. 처음에는 금방 끝났는데 계속할수록 점점 시간이 길어졌다. 처음에는 방에 놓인 가구만 생각하다가 점차 그 속에 들어 있는 물건들까지 떠올려보고, 더 나아가서는 물건의

특징까지, 예를 들어 물건에 새겨진 그림이나 글, 파인 홈, 깨진 모서리, 빛깔이나 무늬까지 생각했던 것이다. 그러면서 자잘한 것까지 하나도 빠짐없이 내 물건 목록을 만들려고 했다. 그렇게 몇 주일이 지나자 내 방에 있는 물건들을 생각하는 것만으로 몇 시간을 보낼 수 있었다. 그렇게 세세한 것까지 생각하다 보면 지금까지 등한시했거나 잊고 있었던 것들을 기억 속에서 끄집어낼 수 있었다. 그때 나는 바깥세상에서 딱 하루를 산 사람도 감옥에서 백 년은 거뜬히 견딜 수 있겠다고 생각했다. 그런 사람에게도 추억거리는 있을 테니 결코 무료하지 않을 것이다. 어찌 보면 그것도 하나의 이점이었다.

잠자는 것도 큰 고통이었다. 처음에는 좀처럼 밤에 잠을 이룰 수 없었다. 낮에도 잠이 오지 않는 건 마찬가지였다. 그러다 차츰 밤에 잠이 오기 시작하면서 낮잠도 잘 수 있게 되었다. 지난 몇 개월 동안은 하루에 16시간에서 18시간이나 잠을 잤다. 잠자는 시간을 뺀 나머지 6시간은 밥 먹고, 용변 보고, 지난 일을 떠올리고, 체코슬로바키아의 이야기를 읽으며 보냈다.

어느 날 침대의 널빤지와 속에 밀짚을 넣은 깔개 사이에서 오래된 신문 한 조각을 발견했다. 천에 들러붙어 종이가 누렇게 바래고 뒷면이 다 비칠 정도로 닳아 있었다. 앞부분은 찢겨 나갔지만 체코슬로바키아에서 일어난 것이 분명한 사건에 관한 기사가 실려 있었다. 체코의 한 마을에 사는 남자가 돈을 벌려고 고향을 떠났다가 25년 뒤에 부자가 되어 아내와 자식 하나를 데리고 돌아왔다. 그의 어머니는 고향에 계속 남아 딸과 함께 여관을 운영하고 있었다. 남자는 어머니와 여동생을 놀래주려고 아내와 자식은 다른 여관에 남겨두고 혼자 집으로 갔다. 그런데 어머니는 아들을 알아보지 못했다. 남자는 장난삼아 여관방을 하나 잡으면서 자기가 가지고 있던 돈을 보여주었다. 그런데 한밤중에 어머니와 여동생이 남자를 망치로 때려죽인 다음 돈을 훔치고 시체는 강물에 빠뜨렸다. 아침에야 남자의 아내가 찾아와 아무것도 모른 채 남자가 누구인지 밝혔다. 그 말을 듣고 어머니는 목매고, 여동생은 우물에 몸을 던져 스스로 목숨을 끊었다.

나는 그 기사를 수천 번도 더 읽었다. 말도 안 되는 이야기였지만, 한편으로 그런 일이 있을 법도 한 것 같았다. 아무튼 결과적으로는 남자한테도 일정 부분 책임이 있으며, 아무 때나 장난을 쳐서는 안 되는 것이었다.

그렇게 잠자고, 지난 일을 떠올리고, 신문 사회면을 읽고, 빛과 어둠이 교차하고, 시간은 흘러갔다. 감옥에 있으면 시간관념이 사라진다는 것을 어디선가 읽은 적이 있다. 하지만 그때는 그 말이 별로 와 닿지 않았다. 같은 하루라도 얼마든지 길어질 수도, 짧아질 수도 있다는 것을 알지 못했다. 감옥에서는 시간이 한없이 길게 느껴진다. 하루를 버티기는 힘들지만, 시간이 늘어나면서 하루하루가 넘쳐나다 보면 어느새 하루라는 개념이 사라지는 것이다. 나에게는 '어제' 혹은 '내일'이 하나의 단어로서의 의미밖에 없었다.

어느 날 내가 교도소에 들어온 지 5개월이 넘었다는 말을 간수한테 들었다. 나는 그의 말을 믿기는 했지만 도무지 받아들이기 힘들었다. 나의 독방에서 똑같은 날이 끝없이 이어지고, 같은 임무가 끝없이 계속되었던 것이다. 그날 간수가 가고 나서 쇠식기에 비친 내 얼굴을 들여다보았다. 내 모습을 보며 아무리 웃어보려고 해도 거기에 비친 내 얼굴은 여전히 심각했다. 나는 그릇을 흔들어보았다. 나는 싱긋 웃는다고 했으나 거기 비친 것은 여전히 무뚝뚝하고 슬픈 얼굴이었다.

날이 어둑어둑 저물었다. 나로서는 얘기하고 싶지 않은, 교도소의 모든 층으로부터 침묵의 행렬을 지으며 저녁의 소음이 올라오는, 뭐라고 표현할 수 없는 시각이었다. 나는 채광창으로 다가가 하루의 마지막 잔광을 통해 내 모습을 바라보았다. 여전히 침울한 표정이었지만 별로 놀랄 일도 아니었다. 그때 나는 실제로 침울한 표정을 짓고 있었던 것이다. 그와 동시에 나는 몇 달 만에 처음으로 내 목소리를 분명히 들었다. 나는 그것이 오래전부터 내 귀에 들리던 소리였음을 깨달았다. 그동안 나는 계속 혼자 이야기하고 있었던 것이다. 문득 엄마의 장례식 날 담당 간호사가 했던 말이 떠올랐다. 그랬다. 어찌할 방법이 없는 일이었다. 그리고 감옥에서 맞이하는 밤이 어떤 것인지 그 누구도 상상할 수 없다.

3

여름과 그다음 여름이 오기까지의 시간은 쏜살같이 지나갔다. 첫 더위가 기승을 떨칠 때쯤이면 나에게 새로운 일이 닥치리라는 것을 알고 있었다. 내 사건은 중죄재판소의 마지막 개정기에 심리가 이루어질 예정이었는데, 그 개정기가 끝나는 달이

6월이었다. 심리가 시작되었을 때 밖에서는 햇볕이 쨍쨍 내리쬐고 있었다. 변호사는 2, 3일 이상 끌지는 않을 거라고 장담하면서 덧붙였다.

"더구나 당신 사건이 이번 개정기에서 그리 중대한 사건이 아니라서 법원에서도 빨리 끝낼 거예요. 바로 이어서 존속살해 사건을 심리해야 하거든요."

아침 7시 30분에 사람들이 나를 데리러 왔다. 그리고 나는 차를 타고 법원으로 호송되었다. 나는 2명의 교도관에게 이끌려 작고 어두운 방으로 들어가 앉았다. 우리는 문 가까이 앉았고, 그 문으로 말소리, 부르는 소리, 의자가 바닥에 끌리는 소리 등 마치 동네 축제에서 연주가 끝나고 무도회를 준비하며 주변을 정리할 때와 같은 어수선한 소리가 들렸다. 교도관들은 재판관이 올 때까지 기다려야 한다고 말했다. 그리고 담배를 한 대 건네는 것을 내가 마다했다. 조금 뒤 그가 "초조하지 않냐?"고 묻기에 나는 그렇지 않다고 대답했다. 더욱이 한편으로는 공판을 구경하는 일이 흥미롭게 느껴지고, 지금껏 한 번도 본 적이 없다고 말했다. 그러자 다른 교도관이 말했다.

"그럴 수도 있죠. 하지만 결국 지치고 말겠죠."

마침내 방에서 작은 종이 울리자 교도관들이 내 수갑을 풀어 주고 문을 열어 피고석으로 데리고 들어갔다. 법정에는 사람들이 꽉 들어차 있었다. 커튼을 쳤는데도 여기저기로 햇빛이 새어 들어 숨이 막힐 지경이었다. 창문은 닫혀 있었다. 내가 의자에 앉자 교도관들이 내 양옆에 앉았다. 그때 나는 비로소 내 앞에 나란히 앉아 있는 사람들을 보았다. 일제히 나를 쳐다보고 있는 그 사람들은 다름 아닌 배심원들이었다. 하지만 그들의 얼굴을 구분할 수는 없었다. 하나의 인상을 받았기 때문이다. 말하자면 전차의 좌석에 앉은 낯선 승객들이 웃음거리가 있나 하고 새로 타는 승객을 훑어보는 것 같은 인상을 받았던 것이다. 하지만 그것은 바보 같은 생각이었다. 배심원들이 찾는 것은 웃음거리가 아니라 범죄였기 때문이다. 큰 차이가 있는 것 같지는 않지만, 아무튼 그런 생각이 들었다.

그리고 나는 숨 막힐 듯한 방에 모인 사람들을 보고 조금 얼떨떨했다. 법정 안을 한 번 휘둘러보았으나 어떤 얼굴도 눈에 들어오지 않았다. 처음에는 그렇게 많은 사람들이 나를 보려고 모여들었다는 것을 인식하지 못한 것 같았다. 나는 평소 사람들의 관심을 끄는 인물이 아니었기 때문이다. 나 때문에 이 야단

법석이 벌어졌다는 것을 이해하기까지 많은 노력이 필요했다.

"사람들이 엄청 많이 모였네요."

내 말에 교도관이 언론 때문이라면서 배심원석 밑의 책상을 차지하고 있는 한 무리의 사람들을 가리키며 말했다.

"저기 모였네요."

"저들이 누군데요?"

내가 물었다.

"언론."

그가 또다시 같은 말을 했다. 그때 교도관과 안면 있는 기자가 우리 쪽으로 다가왔다. 조금 찡그리기는 했으나 친근한 인상에 꽤 나이 든 사람이었다. 그는 꽤 다정하게 교도관과 악수했다. 그때 나는 사람들이 아는 얼굴을 찾아 인사하고 얘기 나누는 것을 보고 마치 같은 부류의 사람들이 서로 만나 즐기는 클럽에 온 것 같았다. 또 한편으로는 왠지 내가 허락 없이 들어온 불청객이나 겉도는 존재인 듯한 느낌이 들기도 했다. 그러나 기자는 웃으며 나에게 말을 건넸다. 그는 나에게 일이 잘 풀리기를 바란다고 말했다. 내가 고맙다고 하자 그가 덧붙였다.

"우리 신문에서 당신 사건을 좀 크게 다뤘어요. 여름철에는 신문이 불경기라 다룰 만한 게 당신 사건하고 존속살해 사건밖에 없거든요."

그리고 그는 자신이 앉아 있던 자리에서 살진 족제비 같은 인상에 검은 테 안경을 쓴 땅딸막한 남자를 손으로 가리키며 파리의 신문사 특파원이라고 했다.

"원래 존속살해 사건을 취재하러 왔는데, 이참에 당신 사건까지 취재하라는 지시가 내려졌답니다."

그의 말을 듣고 하마터면 나는 다시 한번 고맙다고 인사할 뻔했다. 그야말로 우스꽝스러운 일이었다. 기자는 나를 향해 다정한 손짓을 보내고 돌아갔다. 우리는 몇 분 더 기다렸다.

내 담당 변호사는 법복 차림으로 동료들에게 둘러싸여 들어왔다. 그는 기자들에게 다가가 악수했다. 그들은 아주 느긋하게 웃으며 농담을 주고받았다. 마침내 떠들썩하게 종이 울리자 모두 자기 자리로 돌아가 앉았다. 변호사는 내 곁으로 와서 악수하면서 질문에는 짧게 대답하고 그 외에는 먼저 말하지 말라고 단단히 일렀다. 그리고 나머지는 자기한테 맡기라고 했다.

왼편에서 의자 당기는 소리가 들리기에 쳐다보니 붉은 법복 차림의 남자가 조심스럽게 옷을 여미며 앉았다. 코안경을 걸친

후리후리한 그 남자는 검사였다. 법정의 관리가 개정을 알림과 동시에 대형 선풍기 두 대가 붕붕거리며 돌아갔다. 서류를 가지고 들어온 판사 셋이(하나는 붉은색 법복을, 둘은 검정색 법복을 입고 있었다) 빠른 걸음으로 법정이 한눈에 내려다보이는 단상에 올라갔다. 붉은색 법복을 입은 판사가 한가운데 의자에 앉았다. 그는 둥근 법모를 벗어 앞에 올려놓고 손수건을 꺼내 자신의 작은 대머리를 닦고 나서 공판을 시작하겠다고 선언했다.

기자들은 벌써 펜을 쥐고 있었다. 그들은 하나같이 무심하고 경시하는 태도를 보였다. 그중 회색 플란넬 옷을 입고 푸른 넥타이를 맨 젊은이가 펜은 가만히 앞에 두고 나를 쳐다보고 있었다. 살짝 기울인 그의 얼굴에서 눈에 띄는 것은 맑은 두 눈뿐이었다. 그는 무표정한 눈길로 뚫어져라 나를 쳐다보았다. 그러자 마치 나 자신의 눈으로 나를 보고 있는 듯한 묘한 기분이 들었다. 아마 그 때문에, 그리고 내가 법정의 관례를 잘 몰랐기 때문에 그다음에 무슨 일이 일어났는지 정확히 알지 못한 것 같다. 배심원들의 추첨, 변호사, 검사, 배심원에 대한 재판장의 질문(질문을 받을 때마다 배심원들이 일제히 재판장 쪽으로 고개를 돌렸다), 내가 아는 장소와 이름이 나오는 기소장의 빠른 낭독,

그리고 내 변호사에 대한 질문.

재판장이 증인을 소환하겠다고 하자 관리가 호명했다. 몇몇 이름들이 내 귀에 박혔다. 누가 누군지 분간할 수 없던 방청객들 속에서 한 사람씩 일어나 옆문으로 나가는 것이 보였다. 양로원 원장, 수위, 페레 씨, 레몽, 마송, 살라마노 영감, 마리. 그녀는 걱정되는 듯 나를 보며 살짝 손짓을 했다. 나는 왜 지금까지 그들을 알아보지 못했는지 의아했다. 마지막으로 셀레스트의 이름을 부르자 그가 일어났다. 그 옆자리에는 그의 식당에서 본 적 있는 재킷 차림의 키 작은 여자가 단호하고 결연한 태도로 앉아 있었다. 그녀는 뚫어져라 나를 응시했다. 그러나 재판장이 또 무슨 말을 하는 바람에 나는 계속 생각에 잠길 수가 없었다. 재판장은 지금부터 정식 심리가 시작될 것인 만큼 방청객들은 각자 일어서 정숙을 지키기 바란다고 덧붙였다. 그리고 그가 말하기를 자신은 맡은 바 직분에 따라 사건의 심리를 공명정대하게 진행할 것이며, 객관적인 근거에 따라 사건을 판단하겠다는 것이었다. 그리고 배심원들은 정의에 입각해 평결을 내려야 하며, 조금이라도 불미스러운 일이 생길 시에는 여지없이 퇴장시킬 것이라고 말했다.

법정 안의 공기는 점점 더 후텁지근했다. 신문으로 부채질을 하는 방청객도 있었다. 따라서 종이 팔락거리는 소리가 나지막이 계속 들렸다. 재판장이 손짓을 보내자 관리가 밀짚 부채 3개를 가져왔다. 판사들은 그걸로 부채질을 했다.

곧이어 심문이 시작되었다. 재판장은 부드럽고 다정하기까지 한 말투로 질문했다. 나는 또다시 이름과 신분을 밝히라는 요구를 받았다. 짜증 나는 일이었지만 당연한 절차라고 생각했다. 왜냐하면 사건 당사자가 맞는지 명확하게 확인해야 하기 때문이다. 엉뚱한 사람을 앉혀놓고 재판을 진행하는 것만큼 큰 사고도 없으니 말이다. 그리고 재판장은 내가 한 일들을 서술하기 시작했는데, 몇 마디 할 때마다 매번 "맞습니까?"라고 확인하는 것이었다. 그때마다 나는 변호사의 지시에 따라 "네, 재판장님."이라고 대답했다. 재판장은 세세한 정황까지 확인하느라 시간이 꽤 오래 걸렸다.

기자들은 계속 받아 적느라 정신이 없었다. 나는 젊은 기자와 자동인형 같은 자그마한 여자가 나를 바라보고 있는 것을 느꼈다. 전차의 좌석 같은 의자에 앉은 사람들은 모두 재판장을 바라보고 있었다. 재판장은 크게 기침을 한 번 하고 나서 서류를 들춰 보더니 부채질을 하며 나를 바라보았다.

재판장은 지금부터 외견상으로는 본 사건과 관련이 없는 듯하지만 실제로는 밀접한 관련이 있다고 판단되는 질문을 하겠다고 말했다. 나는 엄마 얘기를 하겠거니 짐작했고, 몹시 귀찮고 짜증스러운 기분이 들었다. 재판장은 엄마를 왜 양로원에 보냈느냐고 물었다. 나는 엄마를 부양할 돈이 없어서 그랬다고 대답했다. 그러자 그러고 나서 괴로웠냐고 물었다. 그래서 엄마와 나는 서로 기대할 것도 없고 기대하지도 않았으며, 각자의 새로운 생활에 익숙해 있었다고 대답했다. 그러자 재판장은 그 점에 관해서는 더 이상 질문할 것이 없다고 하면서 검사에게 다른 질문이 있느냐고 물었다.

검사는 나를 쳐다보지도 않고 절반쯤 등을 돌린 채 재판장님이 허락한다면 아랍인을 죽일 목적으로 나 혼자 샘으로 다시 간 것인지 묻고 싶다고 했다.

"아닙니다."

내가 대답했다.

"그렇다면 뭣 때문에 권총을 지니고 그곳에 다시 갔습니까?"

나는 우연히 그렇게 됐다고 대답했다.

검사는 고지식한 투로 "이상입니다."라고 말했다.

그러고 나서 모든 것이 불분명한 듯했다. 적어도 나는 그렇게 느꼈다. 재판장은 잠시 의논하더니 휴정을 선언했고, 오후에는 증인 심문을 할 거라고 말했다.

나는 생각할 틈도 없이 끌려 나와 차를 타고 교도소로 호송되었다. 점심을 먹고 나서 아주 짧은 시간, 그러니까 겨우 피곤을 느낄 만큼의 시간이 지나자 사람들이 다시 나를 데리러 왔다. 같은 일이 되풀이되었다. 나는 같은 방, 같은 사람들 앞에 다시 앉았다. 다만 법정 안은 더욱 후텁지근했다. 그리고 뜻밖에도 배심원, 검사, 변호사, 기자까지 모두 밀짚 부채로 부채질을 했다. 젊은 기자와 키 작은 여자도 여전히 보였다. 하지만 그들은 부채질하지 않고 나를 응시하고 있었다.

나는 얼굴에 맺힌 땀을 닦았다. 양로원 원장을 호명하는 소리를 듣고서야 내 의식은 법정과 나 자신으로 돌아왔다. 엄마가 나에 대해 불평하는 소리를 들은 적이 있느냐고 묻자 원장은 그렇다고 대답했다. 하지만 그는 가족에 대한 불평은 양로원에 들어온 사람들에게 나타나는 공통된 습관으로 다른 사람들도 그런다는 것이었다. 이어서 내가 양로원에 보냈다고 그녀가 섭섭

해했냐고 묻자 원장은 또다시 그렇다고 대답했다. 그러나 이번에는 아무 설명도 없었다. 또 다른 질문을 하자 원장은 장례식에서 내 태도가 너무 무덤덤해서 놀랐다고 대답했다. 무덤덤한게 어떤 것을 말하느냐고 묻자 그는 자신의 구두코를 내려다보다가, 내가 엄마를 보려고 하지도 않았고, 눈물 한 방울 떨어뜨리지 않았으며, 장례식이 끝난 뒤 엄마의 무덤 앞에서 묵념도하지 않고 돌아섰다고 말했다. 또한 장의사 인부가 엄마의 나이를 물었는데 정확히 모르더라는 소리를 듣고 놀랐다고 했다. 잠시 침묵한 뒤 재판장은 원장에게 지금까지의 진술이 나에 대한것이 맞느냐고 물었다. 원장이 무슨 말인지 못 알아듣자 재판장은 "법률적 절차로 묻는 겁니다."라고 말했다. 이어서 재판장은차장검사에게 질문 없냐고 물었다. 검사는 "없습니다. 충분합니다."라고 대답했다. 그의 목소리가 하도 기세등등하고 나를 보는 눈빛에 승리감이 넘치는 것을 보고 나는 바보같이 몇 해 만에 처음으로 울음이 나올 것 같았다. 그 모든 사람들이 나를 얼마나 증오하는지 알 것 같았던 것이다.

재판장은 배심원들과 내 변호사에게 질문 없느냐고 묻고 나서 양로원 수위를 증인으로 불렀다. 그도 다른 증인들과 같은 절차를 거쳤다. 그는 증인석에 서서 나를 한 번 쳐다보더니 눈길을 돌렸다. 그는 내가 엄마를 보려고 하지 않았으며, 담배를 피웠고, 잠을 조금 잤으며, 카페오레를 마셨다 등을 진술했다. 그때 나는 방청객들이 술렁거리는 소리를 듣고 새삼 죄인이 된 기분을 느꼈다. 재판장의 지시로 수위는 카페오레와 담배 얘기를 한 번 더 했다. 차장검사는 업신여기는 눈길로 나를 보았다. 그때 내 변호사가 수위에게 나와 같이 담배를 피우지 않았냐고 물었다. 그러자 검사가 벌떡 일어나 큰 소리로 말했다.

"대체 누가 죄인입니까? 증언의 효력을 떨어뜨리기 위해 증인을 불명예스러운 상황에 빠뜨리려는 것은 말이 안 됩니다. 그렇다 해도 명백한 증언임은 변함이 없습니다."

그러나 재판장은 수위에게 답변하라고 지시했다. 수위는 당황한 표정으로 대답했다.

"그러면 안 된다는 것을 알고 있었지만 권하는 담배를 거절하기 뭣해서 그냥 피운 것뿐입니다."

재판장이 나에게 추가로 할 말이 없냐고 하기에 내가 말했다.

"없습니다. 증인의 말이 맞습니다. 제가 그에게 담배를 권했습니다."

수위는 조금 놀라면서 일견 감사하다는 눈길로 나를 바라보았다. 그는 카페오레를 권한 건 자신이라고 말했다. 내 변호사는 기세등등하게 목소리를 높여 배심원들은 그 점을 충분히 참작해야 한다고 말했다. 그러자 검사가 벼락같이 소리쳤다.

"물론 배심원들께서는 그 점을 반드시 참작해야 합니다. 그리고 아무 상관 없는 사람은 커피 정도 권할 수 있겠지만 자기 친어머니의 시신을 앞에 두고 그 자식 된 사람으로서 사양하는 것이 마땅하다고 여기시리라 믿습니다."

수위가 자리로 돌아갔다.

이번에는 토마 페레 씨가 증언할 차례였다. 그는 관리의 부축을 받고 증인석까지 왔다. 페레 씨는 엄마와 각별한 사이였고, 장례식에서 나를 처음 봤다고 했다. 그날 내 행동이 어땠냐고 묻자 그가 대답했다.

"그날 저는 너무 슬퍼서 아무것도 눈에 들어오지 않았습니다. 슬픔에 사무쳐 아무것도 볼 수 없었죠. 너무 큰 슬픔이었으니까요. 심지어 기절까지 하는 바람에 저 사람을 제대로 보지 못했습니다."

검사는 그날 내가 눈물 흘리는 것을 보았냐고 물었다. 페레 씨가 못 봤다고 대답하자 검사가 재빨리 말했다.

"배심원들께서는 그 점을 참작하시기 바랍니다."

화가 난 내 변호사는 지나치게 큰 소리로 페레 씨에게 내가 눈물을 흘리지 않는 것을 보았느냐고 물었다. 그가 못 봤다고 하자 방청객에서 웃음이 터져 나왔다. 변호사는 한쪽 옷소매를 걷어붙이고 단호하게 말했다.

"이것이 바로 이 재판의 실체입니다. 모든 것이 사실이라고 하지만 정작 사실은 하나도 없는 것입니다."

검사는 굳은 표정으로 서류를 연필로 쿡쿡 찔러댔다.

5분간 휴정할 때 변호사는 나에게 모든 것이 최상의 상황으로 돌아가고 있다고 말했다. 공판이 재개됐을 때 셀레스트가 피고 측 증인으로 나와 진술했다. 그러니까 나를 변호하기 위한 것이었다. 그는 때때로 나를 보며 두 손으로 파나마모자를 돌리곤 했다. 그가 입고 나온 깔끔한 양복은 가끔 일요일에 나와 함께 경마 구경을 가곤 할 때 입었던 것이었다. 그러나 칼라는 달지 못했는지 구리 단추 하나로 셔츠를 채웠을 따름이었다. 내가 그의 식당 손님이었냐고 묻자 그가 대답했다.

"네. 그리고 친구이기도 했고요."

내가 어떤 사람이냐는 질문에 그는 그냥 '사내'라고 대답했다. '사내'라는 게 어떤 의미냐고 묻자 누구나 다 아는 그대로라고 했다. 내가 내성적이냐는 질문에 그는 쓸데없는 말을 하지 않는 성격이라는 점에서 그렇다고 할 수 있다고 대답했다. 내가 밥값은 빠짐없이 냈냐는 차장검사의 물음에 그는 웃으며 대답했다.

"그건 우리 둘만의 개인적인 문제입니다."

내가 그러한 범죄를 저지른 것에 대해 어떻게 생각하느냐고 묻자 그는 미리 준비해온 말이 있다는 듯 증언대 모서리를 잡으며 말했다.

"그건 일종의 불운이라고 생각합니다. 누구나 다 알고 있겠지만, 불운이라는 게 뭡니까? 어찌할 방법이 없는 것입니다. 그러니까 그건 일종의 불운이라고 생각합니다."

그가 더 말하려고 하는데 재판장이 알겠다면서 수고했다고 말했다. 셀레스트는 당황한 표정을 지었다. 그리고 할 말이 더 남았다고 하자 재판장이 간단히 말해보라고 했다. 그러나 그가 또다시 그것은 일종의 불운이라고 하자 재판장이 말했다.

"네, 그 말은 잘 알아들었습니다. 하지만 여기는 불운을 판단하는 자리가 아닙니다. 수고하셨습니다."

셀레스트는 자기 머리와 성의를 다해 말해보았지만 어쩔 수 없다는 듯 나를 쳐다보았다. 그의 눈이 번쩍였다. 그리고 떨리는 듯한 그의 입술은 마치 자신이 어떻게 해야 나에게 도움이 될지 묻고 있는 것 같았다. 나는 아무 말도 하지 않았고, 아무 표정도 짓지 않았으며, 아무런 몸짓도 하지 않았다. 그러나 남자에게 키스해주고 싶은 마음이 솟구친 것은 태어나서 그때가 처음이었다. 재판장은 그에게 방청석으로 돌아가라고 말했다. 그는 자기 자리로 돌아가 털썩 주저앉았다. 그리고 그는 파나마모자를 두 손에 든 채 몸을 숙여 팔꿈치를 무릎에 대고 증인 심문이 모두 끝날 때까지 귀를 기울였다.

그다음에 마리가 들어왔다. 모자 쓴 모습이 여전히 아름다웠다. 하지만 내 눈에는 머리를 풀고 있을 때가 더 예뻐 보였다. 나는 자리에 앉아서 그녀의 풍만한 가슴과 조금 부풀어 오른 듯한 아랫입술까지 볼 수 있었다. 그녀는 몹시 긴장한 것 같았다. 언제부터 나를 알게 되었냐고 묻자 그녀는 같은 회사에 다닌 적이 있다고 대답했다. 재판장이 나하고 어떤 관계냐고 묻자 그녀는 친구라고 했다. 그리고 다음 질문에 나와 결혼하기로 약속했다고 대답했다. 검사는 서류를 살펴보더니 언제부터 관계를 가지기 시작했냐고 물었다. 마리가 날짜를 말하자 검사는 짐짓 천연덕스러운 투로 그날은 엄마의 장례식 다음 날이 아니냐고 말했다. 그리고 조금 비웃는 투로 두 사람의 관계에 대해 미묘한 부분까지 파고들고 싶지는 않고, 증인이 불안해하는 점도 충분히 이해하겠지만(여기서 그는 매서운 말투로 바뀌었다) 자기 직분에 따라 부득이 결례를 범할 수밖에 없다고 했다. 그러고는 나와 깊은 관계를 맺게 된 그날 하루의 일을 간략하게 이야기해달라고 요청했다.

마리는 말하기를 꺼렸으나 검사가 강요하는 터에 할 수 없이 해수욕을 하고, 영화를 보고, 둘이 함께 집에 온 것까지 이야기했다. 검사는 예심 때 마리의 진술을 토대로 그날 상영된 영화를 조사해보았다고 미리 말하면서 어떤 영화를 보았는지 직접 말해보라고 했다. 그녀는 아주 순진한 투로 페르낭델이 나오는 영화였다고 대답했다. 그녀의 말이 끝나자 법정 안은 물을 끼얹은 듯 조용해졌다. 그러자 검사는 나를 가리키며 심각하면서도 호소하는 듯한 목소리로 천천히 또박또박 말했다.

"배심원 여러분, 피고는 자기 어머니의 장례식을 치른 다음 날 해수욕을 즐기고, 문란한 관계를 가졌으며, 희극 영화를 보며 웃어댔습니다. 더 말할 필요가 있을까요? 이상입니다."

조용한 분위기 속에서 검사가 말을 끝맺고 자리에 앉자 갑자기 마리가 흐느껴 울기 시작했다. 그녀는 그것 말고 다른 말도 있다, 자기 생각과는 정반대로 말하게 만들었다, 자기는 나를 잘 아는데 절대 나쁜 짓을 하지 않았다고 말했다. 그러나 재판장이 손짓하자 관리가 그녀를 데리고 나갔다. 심문은 계속되었다.

다음에 나온 것은 마송이었다. 그는 내가 점잖고 성실한 사람이라고 했다. 그러나 누구도 이 말을 믿지 않았다. 살라마노 영감도 자기가 개를 잃어버렸을 때 내가 매우 친절하게 대해주었으며, 내가 엄마와 대화할 거리도 없고 해서 엄마의 무료함을 덜어주기 위해 부득이 양로원에 보낸 것뿐이라고 말했지만, 이 말 역시 누구도 믿어주지 않았다. 살라마노 영감은 "사실입니다. 납득하시리라 생각합니다."라고 말했지만 누구도 알아주지 않았다. 그도 관리의 손에 이끌려 나갔다.

마지막 증인은 레몽이었다. 레몽은 나를 향해 살짝 손짓하더니 증인석에 서자마자 무조건 나는 아무 죄 없다고 주장했다. 그러자 재판장은 그에게 판단은 할 필요 없고 사실만 말하면 된다고 하면서, 질문을 하면 그에 대한 답변을 하라고 주의를 주었다. 재판장이 피해자와는 어떤 관계냐고 묻자 그는 기회다 싶었는지 자기가 피해자 여동생의 따귀를 때렸고, 그 때문에 피해자가 자기에게 앙심을 품었다고 말했다. 그러자 재판장이 피해자가 나에게 앙심을 품을 이유는 없었냐고 물었다. 레몽은 바닷가에서 나와 피해자가 만난 것은 우연이었다고 했다. 그러자 검사가 그렇다면 사건의 발단이 된 편지를 내가 쓴 이유는 뭐냐고 물었다. 레몽은 그것도 우연히 그렇게 되었을 뿐이라고 대답했다. 검사는 이 사건에서 여러 차례 우연이 양심을 왜곡하고 있다고 반박했다. 그러고는 레몽이 정부의 따귀를 때릴 때 내가 말리지 않은 것도 우연인가, 내가 그 일의 증인을 서준 것도, 그리고 유리한 증언을 한 것도 다 우연인지 궁금하다고 말했다.

마지막으로 검사가 레몽에게 생계 수단이 뭐냐고 물었다. 레몽이 '창고업'이라고 하자 검사는 배심원들을 향해 증인이 포주 짓으로 먹고산다는 것은 알 만한 사람은 다 안다고 말했다. 그리고 나는 증인의 친구이자 공범자로 이 사건은 가장 추잡하고 저속한 사건이며, 더구나 도덕적 괴물이 관련된 심각한 사건이라고 강조했다. 레몽이 해명하고 변호사도 항의했지만 재판장은 검사에게 계속하라고 말했다. 검사가 레몽에게 질문했다.

"간단히 묻겠습니다. 피고는 당신 친구였습니까?"

"네, 제 친구 맞습니다."

레몽이 대답했다. 검사는 나에게도 같은 질문을 했다. 나는 레몽을 바라보았다. 그는 눈길을 돌리지 않았다.

"그렇습니다."

내가 대답했다. 그러자 검사가 배심원들을 돌아보며 말했다.

"자기 어머니의 장례식을 치른 바로 그다음 날 가장 수치스러운 정사에 탐닉했던 사람이 지극히 사소한 이유로 차마 입에 올릴 수 없는 치정 사건을 매듭 지으려고 벌인 살인 사건임을 말씀드립니다."

검사는 말을 끝마치고 자리에 앉았다. 그때까지 참고 있던 내 변호사는 두 팔을 쳐들고 소리쳤다. 그 바람에 법복 소매가 흘러내려 풀 먹인 셔츠의 주름이 고스란히 드러났다.

"도대체 피고는 어머니의 장례를 치렀다고 기소된 것입니까, 아니면 살인으로 기소된 것입니까?"

그러자 방청객에서 웃음이 터져 나왔다. 검사는 일어나 법복을 가다듬고는 이 두 가지 사실 사이에는 간과할 수 없는, 비장하고 근본적인 관련이 있다고 말했다. 검사가 목소리를 높여 말했다.

"바로 그렇습니다. 범죄자의 심정으로 자기 어머니를 매장했으므로 기소합니다."

검사의 선언은 방청객들 사이에 큰 반향을 불러일으켰다. 내 변호사는 어깨를 한 번 으쓱하고는 이마의 땀을 닦았다. 그러나 그의 얼굴에는 동요하는 빛이 역력했기 때문에 상황이 결코 나에게 유리한 쪽으로 흘러가지 않는다는 것을 알 수 있었다.

공판이 끝났다. 법원을 나와 차를 타러 가는 그 짧은 순간 나는 여름 저녁 냄새와 빛깔을 느낄 수 있었다. 움직이는 감옥의 어둠 속에서 내가 좋아하던 도시의 어느 거리, 그리고 행복에 젖곤 했던 어느 시각에 들리던 그 모든 소리들을 마치 피로의 밑바닥에서 끄집어내듯 하나하나 다시 들을 수 있었다. 선선하고 고즈넉한 공기를 뚫고, 신문팔이의 외침, 작은 공원의 마지막 새소리, 샌드위치 장수의 큰 목소리, 도시의 높은 지대의 굽은 길을 돌아가는 전차 바퀴 소리, 항구 위로 어둠이 내려앉을 때 하늘에 반향되는 희미한 소리, 그 모든 것들이 눈 먼 자의 행로로 새롭게 바뀌는 것이었다. 그것은 내가 교도소에 수감되기 전에 너무나 내게 익숙하던 것들이었다. 그랬다. 그것은 이미 오래전부터 내가 만족감을 느끼던 그 시각이었다. 그러한 때에 나를 기다리던 것은 홀가분하고 꿈도 꾸지 않는 편한 잠이었다. 하지만 지금은 뭔가 달라졌다. 나를 기다리고 있는 것은 내일에 대한 기대와 더불어 내 감방이었으니 말이다. 마치 여름 하늘에 그려진 낯익은 길이 무죄의 잠으로 이끌듯 감옥으로 이끌 수도 있는 것처럼.

4

심지어 피고석에 앉아 있다 하더라도 자기 이야기를 듣는 것은 늘 흥미롭다. 검사와 변호사의 변론이 오가는 동안 두 사람은 나에 대해 많은 이야기를 했다. 내가 저지른 범죄보다 나 자신에 대한 이야기를 더 많이 했을 것이다. 그런데 과연 두 사람의 변론이 크게 달랐던가? 변호사는 두 팔을 쳐들고 범죄 사실을 인정했다. 하지만 그는 해명을 했다. 검사는 두 손을 쳐들고 나의 유죄를 강조했다. 그러나 그는 아무런 해명도 하지 않았다. 하지만 내 입장에서는 못마땅한 점이 하나 있었다. 그러지 않으려고 하지만 가끔 나도 한마디 하고 싶을 때가 있었다. 그러면 변호사는 "아무 말 말아요. 그게 더 유리해요."라고 말하는 것이었다.

어떤 면에서 그들은 나를 배제하고 내 사건을 다루는 것이었다. 나를 빼놓고 모든 일이 진행되었다. 내 의견 한마디 없이 내 운명이 결정되고 있었던 것이다. 가끔 나는 사람들의 말을 끊고 이렇게 말하고 싶었다.

'대체 누가 피고입니까? 피고만큼 중요한 게 어디 있습니까? 나도 할 말이 있습니다.'

그러나 실제로는 할 이야기가 없었다. 게다가 사람들을 사로잡는 흥밋거리는 오래가지 않는다는 것을 인정할 수밖에 없었다. 예를 들어 얼마 지나지 않아 검사의 변론이 지겹게 느껴졌다. 내가 흥미를 느끼는 것은 단편적인 말이나 몸짓, 한 토막의 사족 같은 것들이었다.

내가 정확히 이해했다면 검사는 내 사건이 계획적인 범죄라고 주장하는 것이었다. 그는 최소한 그 점을 증명하려고 애썼다. 그가 말했다.

"두 가지 측면으로 그것을 증명할 수 있습니다. 첫째, 사실이라는 명백한 빛에 비춰, 둘째, 범죄적 심리라는 어두운 조명에 비춰 증명할 수 있습니다."

검사는 엄마가 사망한 후의 사실들을 간추려 말했다. 내가 무덤덤했고, 엄마의 정확한 나이를 몰랐으며, 장례식 다음 날 여자와 함께 해수욕을 즐겼고, 페르낭델이 나오는 영화를 보고 여자와 함께 집으로 돌아왔다는 점을 지적했다. 나는 한동안 그의 말을 이해하지 못했다. 왜냐하면 '그의 정부'라고 했기 때문이다. 그것은 마리를 두고 하는 말이었다.

그리고 검사는 레몽에 대해 이야기했다. 이 사건에 대한 그의 시각은 아주 명쾌했다. 그의 서술은 그럴듯해 보였다. 내가 레몽과 짜고 편지를 써서 그의 정부를 꾀어내 '행실이 좋지 못한' 사내에게 붙들려 곤욕을 치르게 할 작정이었고, 바닷가에서는 내가 레몽의 상대를 먼저 건드렸다는 것이었다. 레몽이 부상을 입자 내가 쏠 작정으로 그에게 권총을 달라고 해서 그것을 가지고 다시 바닷가로 갔고, 계획대로 아랍인을 쏘아 죽였다는 것이다. 그리고 잠시 뒤 '확실하게 처리하기 위해' 침착하고 신중하며 정확하게 네 발을 더 쏘았다고 했다. 검사가 말했다.

"이상으로 피고가 의도적으로 살인을 저지른 경위를 말씀드렸습니다. 본인이 강조하는 것은 바로 이 점입니다. 이것은 일반적인 살인, 정상참작의 여지가 있는 우발적이고, 자기방어적인 살인이 아닙니다. 피고는 지적인 판단력을 갖춘 사람입니다. 여러분도 피고의 진술을 들어 알고 있을 것입니다. 그는 질문의 의미를 제대로 이해하고 대답할 줄 압니다. 따라서 스스로 인식하지 못하는 상태에서 행동을 저질렀다고 볼 수는 없습니다."

나는 검사의 진술을 주의 깊게 들었다. 검사는 내가 지적 판단력이 있다고 했다. 그런데 보통 사람에게는 좋은 점이 왜 범죄자에게는 결정적인 증거가 되는 것인지 이해할 수 없었다. 그 사실에 나는 놀랐다. 그래서 그다음부터는 검사의 말에 귀를 기울이지 않았다. 그러나 이런 말이 또다시 내 귀에 박혔다.

"피고가 양심의 가책을 조금이라도 내비친 적이 있습니까? 전혀 없습니다. 예심에서 역시 피고는 가증스럽게도 마음의 동요를 일으킨 적이 단 한 번도 없었습니다."

검사는 나를 향해 돌아섰다. 그리고 손가락으로 나를 가리키며 매섭게 비난을 쏟아내는 것이었다. 나는 그가 왜 그러는지 이해할 수 없었다. 그의 말이 틀린 것은 아니었다. 아닌 게 아니라 나는 나의 행동을 뉘우치고 있지 않았던 것이다. 하지만 그렇다고 해서 화를 내며 모질게 비난을 퍼붓는 그를 보고 나는 놀라지 않을 수 없었다. 그래서 다정하고 애정 어린 목소리로 나는 무슨 일이든 후회해본 적이 없다고 그에게 말해주고 싶었다. 나는 늘 앞으로 일어날 일, 그러니까 오늘 아니면 내일 일만 생각했던 것이다. 그러나 나는 지금 누구에게든 그렇게 말할 처지가 아니었다. 말하자면 나는 다정한 태도를 취하거나 호의를 보일 권리가 없었던 것이다. 검사가 내 영혼에 대해 이야기하기에 나는 다시 귀를 기울였다.

그는 배심원들에게 나의 영혼을 들여다보았으나 아무것도 들어 있지 않음을 확인했다고 말했다. 사실 영혼 자체도 없고, 인간다운 점도 없으며, 인간성을 지탱해주는 도덕적인 원리도 찾아볼 수 없었다는 것이다. 그가 말했다.

"하지만 우리는 그것을 비난할 수 없습니다. 그것을 가지지 못했다고 해서 책망할 수는 없으니까요. 그러나 이 법정에서는 관용이라는 소극적인 덕목보다 그보다 더 엄격하고 고귀한 정의라는 덕목이 우선시되어야 합니다. 이 사람의 정신적 공허가, 이 사람 자신에게도 그랬듯이 사회 전체를 나락으로 빠뜨릴 수 있기 때문에 더욱 그런 것입니다."

그러고는 엄마에 대한 나의 태도를 언급하기 시작했다. 그는 심리 과정에서 했던 말을 또다시 되풀이했다. 그것은 내가 저지른 범죄에 대한 진술보다 훨씬 더 길었다. 너무 길어서 아침의 더위 말고는 아무 생각도 들지 않았다. 차장검사가 말을 멈출 때까지 그랬다. 그는 잠시 말을 멈췄다가 목소리를 낮추고 자신 있게 말했다.

"내일 이 법정에서는 가장 흉악한 범죄인 아버지 살해 사건에 대한 심판이 진행될 것입니다."

그의 말에 따르면 그것은 상상조차 할 수 없는 잔악한 범죄라는 것이었다. 그는 인간 사회의 정의로 가차 없이 처벌할 것을 기대한다고 말했다. 그러나 장담하건대 이 범죄의 공포보다 더 몸서리나는 것은 나의 냉담함에서 느껴지는 공포라고 말했다. 또한 도덕적으로 어머니를 죽인 사람은 자신에게 생명을 준 아버지를 직접 살해한 사람과 마찬가지로 스스로 인간 사회를 저버린 것이라고 말했다. 그러니까 전자는 후자에 대한 초석이 되며, 그러한 행위에 대한 전조이자 승인을 의미한다는 것이었다. 그는 목소리를 높여 말했다.

"여러분, 저는 확신합니다. 여러분은 여기 앉은 피고가 내일이 법정에서 판결이 내려질 존속살해범과 같은 죄인이라고 말해도 지나치다고 여기지 않을 것입니다. 그러므로 피고를 마땅히 형벌에 처해야 합니다."

검사는 땀에 젖어 번들거리는 얼굴을 닦았다. 그는 마지막으로 고통스럽지만 단호하게 자신의 의무를 이행하겠다고 말했다. 나는 사회의 가장 근본적인 법률을 경시하고 있으므로 이 사회와 어떤 연관도 맺어서는 안 되며, 인간으로서 가장 기본적인 감정조차 없으므로 인정에 호소할 수도 없다는 것이었다.

"따라서 저는 이자의 머리를 요구하는 바입니다. 저는 홀가분한 마음으로 그것을 요구합니다. 저는 적지 않은 재직 기간 중에 몇 차례 사형선고를 요청했습니다. 하지만 절대적이고 신성한 명령에 따른다는 의식과, 흉악함 외에는 어떤 것도 찾아볼 수 없는 남자의 얼굴을 보면서 느끼는 공포로 인해 이 괴로운 의무가 오늘처럼 당연하고 형평에 맞으며 의심의 여지가 없다고 느낀 적이 일찍이 없었습니다."

검사가 자리에 앉고 나서 한동안 침묵이 이어졌다. 나는 너무 덥고 놀라서 어지러웠다. 재판장은 헛기침을 하고 나서 나지막한 목소리로 나에게 더 할 말 없냐고 물었다. 말하고 싶었던 나는 일어나 머릿속에 떠오르는 대로 먼저 아랍인을 죽일 생각은 없었다고 말했다. 그러자 재판장이 그것도 하나의 주장이며, 나의 변론 방식에는 자신이 이해하기 힘든 부분이 있으니 변호사가 진술하기 전에 그러한 일을 저지르게 된 동기를 명확하게 밝혀달라고 말했다. 나는 말이 안 된다는 것을 알면서도, 빠른 어투로 두서없이 그것은 태양 때문이었다고 말했다. 법정에서 웃음이 터졌다. 변호사는 어깨를 으쓱했고, 즉시 발언권이 주어졌다. 하지만 그는 시간이 많이 늦었고, 또 시간을 많이 필요로 하는 만큼 오후로 연기해달라고 했다. 재판장은 그의 요청을 받아들였다.

오후에도 커다란 선풍기가 법정 안의 후텁지근한 공기를 휘저었다. 배심원들은 제각각 다양한 부채를 들고 같은 방향으로 흔들고 있었다. 변호사의 변론은 도무지 끝날 기미가 보이지 않았다. 그러다 "내가 죽인 것은 사실입니다."라는 말이 내 귀에 박혔다. 귀를 기울여보니 그는 나에 대해 말할 때마다 '나'라고 하는 것이었다. 나는 깜짝 놀라서 교도관 쪽으로 몸을 숙이고 이유를 물었다. 교도관은 조용히 하라고 하더니 곧 '변호사들이 으레 그런다'고 말했다. 나는 그것 또한 이 사건에서 나를 배제하고 나를 아예 없는 존재로 취급하는 것으로, 이를테면 나를 대신하는 것이라고 생각했다. 그러나 이미 그 법정이 나에게서 멀어진 듯한 느낌이었다. 게다가 내 변호사도 어이없어 보였다. 그는 빠른 말투로 범죄행위에 대해 변론을 펼치고 나서 역시나 내 영혼에 대해 진술했다. 그러나 검사보다 훨씬 허술했다. 변호사가 말했다.

"저 역시 그의 영혼을 자세히 들여다보았는데 훌륭한 검사님의 견해와 달리 그도 영혼을 가진 사람임을 확인할 수 있었습니다. 더구나 어떤 것을 명확하게 읽어낼 수 있었습니다."

그는 내가 선한 사람이고, 오랫동안 성실하게 일한 직원으로서 회사에 충실했고, 모든 사람들이 그를 좋아했으며, 타인의 불행에 동정심을 느끼는 사람이라는 것을 읽어낼 수 있었다고 했다. 그의 말에 따르면, 나는 할 수 있는 한 오래 그의 어머니를 부양한 모범적인 아들이며, 경제적으로 늙은 어머니를 모실 형편이 못 되자 어머니가 양로원에서 더 편안하게 지낼 수 있다는 생각으로 그러한 선택을 했다는 것이었다. 그가 말했다.

"저는 양로원 문제를 둘러싸고 많은 의견이 오가는 것에 대해 놀랐다고 말씀드리는 바입니다. 그것이 사회에 이롭고 중요한 시설이라는 증거를 제시해야 한다면 저는 그것이 국가에서 보조하는 시설임을 지적하지 않을 수 없습니다."

그러나 그는 장례식에 대해서는 한마디도 변론하지 않았다. 나는 그것이 이 변론의 가장 큰 허점이라고 생각했다. 그러나 오랜 시간, 그 모든 장광설과 내 영혼에 대한 변론이 끝없이 이어지는 동안 나는 모든 것이 투명한 물로 변해버린 것 같았고, 그 속에서 어지럼증을 느꼈다.

지금까지 기억에 남는 것은 변호사가 변론하는 동안 법원 광장 너머로 아이스크림 장수의 나팔 소리가 내 귀에까지 들려온 것이었다. 더 이상 내 것이 아니지만, 가장 보잘것없으면서도 결코 잊을 수 없는 기쁨을 느꼈던 추억들이 몰려왔다. 여름철 기운, 내가 좋아했던 동네, 어느 날의 저녁 하늘, 마리의 웃음과 원피스. 그곳에서 이루어지는 모든 부질없는 일들을 도저히 참을 수가 없어서 나는 어서 끝내고 감방으로 돌아가 잠이나 잤으면 하는 생각으로 조바심을 쳤다. 변호사가 변론을 마무리하면서 큰 소리로, 배심원들은 한순간 길을 잃었던 성실한 직장인을 죽음으로 내몰지는 않으리라 믿는다고 말했다. 그리고 그 어떤 것보다 확실한 형벌인, 영원한 양심의 가책을 이미 짊어지고 있으므로 정상참작을 인정해달라고 요청했다. 하지만 그 말들도 내 귀에 거의 들어오지 않았다.

휴정이 선언되었다. 변호사가 진이 빠진다는 듯 자리에 앉았다. 그러자 동료들이 뛰어와 악수를 하며 "잘했네."라고 말하는 소리가 들렸다. 그중 한 명은 호응해달라는 듯이 나에게 "그렇지 않나요?"라고 묻는 것이었다. 나는 그렇다고 대답했다. 하지만 진심이 아니라 너무 피곤해서 그렇게 대답하고 말았다.

해가 기울자 더위도 차츰 꺾였다. 거리의 소음을 통해 아득한 저녁을 느낄 수 있었다. 우리 모두 거기서 기다리고 있었다. 그러나 우리 모두가 기다리고 있었던 것은 나 한 사람만의 일이었다. 나는 법정 안을 둘러보았다. 모든 것이 첫날 그대로였다. 회색 재킷 차림의 기자와 자동인형 같은 여자와 눈이 마주쳤다. 그때 문득 재판이 진행되는 동안 내가 단 한 번도 마리를 찾지 않았다는 생각이 들었다. 나는 마리를 잊은 것이 아니라 할 일이 너무 많았다. 셀레스트와 레몽 사이에 그녀가 앉아 있었다. 그녀는 '이제 끝났어요'라는 듯 나를 향해 살짝 손짓했다. 그리고 근심이 가득한 얼굴로 애써 미소 지었다. 그러나 내 마음은 닫혀 있었고, 그녀의 미소에 답할 수 없었다.

재판이 재개되었다. 배심원들에 대한 질문이 빠르게 낭독되었다. '살인죄'…… '계획적'…… '정상참작'…… 이런 말들이 들려왔다. 배심원들이 모두 퇴장하자 나는 지난번에 대기했던 방으로 끌려갔다. 변호사가 따라 들어왔다. 그는 굉장히 수다스럽게, 그리고 이제까지 한 번도 보지 못한 자신 있고 다정한 태도로 말했다. 다 잘될 것이고 금고형이나 징역형으로 판결이 나올 거라고 했다. 나는 불리한 판결이 나왔을 때 철회할 방법이 있느냐고 물었다. 없다고 그가 대답했다. 배심원들의 심리를 자극하지 않으려고 법적 주장을 내세우지 않는 전략을 썼다는 것이었다. 그는 이유 없이 판결을 번복하지 않는다고 설명했다. 내가 생각하기에도 명백한 사실인 것 같았으므로 그의 논리를 받아들일 수밖에 없었다. 엄밀히 말해 그건 당연했다. 그렇지 않다면 그 많은 서류가 쓸모없게 되는 것이다. 변호사가 말했다.

"항소가 있기는 하지만 어쨌든 좋지 않은 결과가 나오지는 않을 겁니다."

우리는 꽤 오래, 40분이나 50분쯤 기다렸을 것이다. 종이 울리자 변호사가 말했다.

"배심원 평결은 배심원단 대표가 낭독합니다. 당신은 판결을 선언할 때 들어오게 될 겁니다."

그러고는 나를 두고 혼자 나갔다. 문 여닫는 소리가 들렸다. 계단을 뛰어가는 소리도 들렸지만 가까이서 나는 것인지 멀리서 나는 것인지 분간할 수 없었다. 그리고 법정에서 낭독하는 소리가 나직하게 들려왔다. 다시 종이 울리자 피고석으로 들어가는 문이 열렸다. 법정 내에 감돌던 침묵이 나를 엄습하고, 젊은 기자가 시선을 돌리는 것을 보는 순간 나는 묘한 기분에 사로잡혔다. 나는 마리 쪽을 보지 못했다. 그럴 겨를이 없었다. 재판장이 야릇한 목소리로, 내가 프랑스 국민의 이름으로 공공 광장에서 참수형에 처해질 거라고 말했기 때문이다. 그때 나는 그곳에 있는 모든 사람들의 얼굴에 공통적으로 나타난 감정이 어떤 것인지 알 수 있었던 것 같다. 그것은 일종의 배려였다고 확신했다. 교도관들은 상냥하게 나를 대해주었다. 변호사는 내 손목 위에 가만히 자기 손을 올렸다. 내 머릿속은 이미 텅 비어 있었다. 그러나 재판장은 나에게 할 말 없냐고 물었다.

"없습니다."

내 말이 떨어지는 순간 그들이 나를 밖으로 데리고 나갔다.

5

나는 교도소 부속 사제의 면회를 세 번이나 거절했다. 그에게 할 말도 없고 이야기하고 싶지도 않았다. 어차피 곧 만나게 될 것이다. 내 관심은 오직 이 체제에서 벗어나는 것, 피할 수 없는 이 길에서 빠져나갈 탈출구가 있는가 하는 것이었다.

나는 다른 감방으로 옮겨졌다. 여기에서는 반듯이 누우면 하늘밖에 보이지 않았다. 낮이 밤으로 이어질 때 하늘의 색깔이 퇴색하는 것을 보며 하루하루가 지나갔다. 나는 목덜미를 두 손으로 받치고 누워서 기다렸다. 사형선고를 받은 사람 중에 이 가차 없는 체제에서 벗어난 예가 있었을까? 그러니까 형이 집행되기 전에 자취를 감췄다거나 경찰의 경계선을 뚫고 달아난 예가 있을까? 나는 몇 번이나 스스로에게 물어보았는지 모른다. 그럴 때마다 사형 집행에 관한 이야기에 관심이 없었던 것을 후회했다. 그런 것을 관심 있게 봤어야 했다. 무슨 일이 닥칠지 모르니 말이다. 다른 사람들도 그렇겠지만 나 역시 신문 기사를 읽은 적은 있다. 그러나 이 주제를 다룬 책이 분명히 있을 텐데 나는 호기심을 가지고 그것을 읽은 적이 없다. 그런 책 중에 탈출에 관한 것도 있었을 것이다. 그랬다면 적어도 한 번쯤은 톱니바퀴가 멎어 피할 수 없는 추락으로부터 우연과 행운을 얻은 예가 있음을 알 수 있었을 것이다. 단 한 번이라도. 어떤 면에서 나는 그것만으로도 충분했을 것이다. 나머지는 내 마음으로 충당할 수 있으니까.

신문은 흔히 이 사회에 빚을 졌다고 들먹인다. 말하자면 그것을 갚아야 한다는 것이다. 그러나 그러한 말들은 조금도 상상력을 자극하지 못한다. 나에게 중요한 것은 탈출의 가능성, 무자비한 의식 절차를 뛰어넘는 것, 무한한 희망을 줄 것 같은 미친 듯한 질주였다. 물론 그 희망이라는 것도 기껏해야 달려가다가 길모퉁이에서 날아오는 총탄에 맞아 쓰러지는 것이리라. 그러나 아무리 생각해봐도 그런 호사를 안겨줄 만한 것이라고는 전혀 없었다. 모두 나에게 그것을 금지할 것이고, 오직 이 체제 속에 갇혀버리는 것이었다.

비록 내가 선택하기는 했지만 나는 근거 없는 확정을 받아들일 수 없었다. 왜냐하면 그 확정을 끌어낸 판결과 그 판결이 언도된 순간부터 냉철한 진행 과정 사이에는 어이없는 불균형이 존재하기 때문이었다. 오후 5시가 아닌 오후 8시에 판결문이 낭독되었다는 사실, 전혀 다른 판결이 나올 수도 있었다는 사실, 그것이 속옷을 갈아입는 인간들이 내린 판결이었다는 사실, 그것이 '프랑스 국민(혹은 독일 국민, 중국 국민)'이라는 극히 불분명한 이름으로 언도되었다는 사실, 이 모든 것으로 인해 나는 판결의 준엄성이 사라진다고 생각했다. 그러나 판결이 선고되는 순간부터 그것은 내가 몸뚱이를 비벼대고 있는 이 감방 벽처럼 확실하고 준엄한 사실이 되었다는 것을 인정하지 않을 수 없었다.

그럴 때 나는 엄마가 들려준 아버지 이야기를 떠올렸다. 나는 아버지의 얼굴을 모른다. 내가 이 남자에 대해 확실하게 알고 있는 것은 어쩌면 그때 엄마한테 들은 이야기가 전부일 것이다. 어느 날 아버지는 살인범의 사형 집행을 구경하러 갔다. 아버지는 그 생각만 해도 마음이 아팠다. 하지만 결국 아버지는 그것을 보러 갔고, 돌아와서 아침에 먹은 것을 토했다는 것이다. 그 얘기를 들었을 때 나는 그런 아버지가 역겹다는 생각이 들었다. 하지만 지금은 이해한다. 그건 지극히 당연한 것이었다. 세상에 그보다 더 중요하고 사람의 관심을 끄는 일이 없다는 것을 나는 왜 알지 못했을까? 내가 감옥에서 풀려나게 된다면 모든 사형 집행을 하나도 빠짐없이 보러 갈 것이다. 하지만 그런 가능성을 생각해본 건 잘못이었다. 왜냐하면 어느 날 아침 경계선 밖에 자유의 몸으로 서 있는 나를 생각하는 순간, 사형 집행을 구경하다 토하는 나를 생각하는 순간 독이 섞인 쾌감의 물결이 가슴에서 솟구쳤기 때문이다. 그러나 그것은 이성적이지 못한 생각이었다. 그러한 가정에 휩쓸린 게 잘못이었다. 왜냐하면 잠시 뒤 나는 오한에 떨며 이불 속으로 들어가 몸을 잔뜩 웅크리고 있어야 했기 때문이다. 이가 사정없이 덜덜 떨렸다.

그러나 사람들이 꼭 이성적인 생각만 하고 사는 것은 아니다. 예를 들어 다음 생에 나는 새로운 법을 제정할 수도 있다고 생각했다. 형법 제도를 개선하는 것이다. 핵심은 사형선고를 받은 자에게 기회를 주는 것이다. 천 번에 한 번만이라도 많은 문제를 개선할 수 있다. 열 번 중에 아홉 번 수형자(나는 수형자라고 생각했다)가 죽는 화학적 배합을 개발할 수도 있을 거라고 생각했다. 수형자들은 그 조건을 받아들일 것이다. 왜냐하면 잘 생각해보면 단두대의 미비점은 어떤 기회도, 결코 어떤 기회도 주어지지 않는 것이기 때문이다. 즉, 단 한 번으로 사형수가 죽음에 이르는 것이다. 그것은 이미 확고하게 정해진 배합이며, 이미 확정된 사실로서 번복할 여지도 없는 것이다. 자칫 잘못해서 칼날이 빗나가 실패하면 다시 하면 된다. 그러므로 애석하게도 사형수는 단두대가 제대로 작동하기를 바랄 수밖에 없다. 내 말은, 바로 그것이 문제점이라는 것이다. 어떤 의미에서 그것은 맞는 말이다. 그러나 한편으로는 그 훌륭한 체제의 모든 비밀이 거기에 있다는 것을 인정할 수밖에 없다. 요컨대 사형수는 정신적으로 협력할 수밖에 없는 것이다. 아무 차질 없이 순조롭게 진행되는 게 그에게도 이로운 것이다.

나는 또한 지금까지 그 문제에 대해 올바른 사실을 알지 못하고 있었다. 왜 그랬는지는 모르지만, 나는 오랫동안 단두대에 서려면, 처형대로 올라가야 한다고, 그러니까 계단을 올라가야 한다고 생각하고 있었다. 그것은 1789년의 대혁명 때문이었다. 그러니까 그에 관해 보고 배운 것이 다 그랬던 것이다. 그러던 어느 날 아침, 사람들의 입에 떠들썩하게 오르내리던 사형 집행에 관한 신문 기사에 실린 사진이 떠올랐다. 사진에 나온 기계는 땅바닥에 그냥 놓여 있었고, 세상에서 가장 단순한 기계였다. 왜 좀더 일찍 그런 것에 관심을 기울이지 않았나 하는 생각이 들었다. 그것은 정밀한 기계답게 짜임새 있고 번쩍거리는 외관이 꽤 인상적이었다. 사람들은 흔히 잘 모르는 것에 대해서는 지나치게 부풀려 생각하게 마련이다. 그러나 실제로는 모든 것이 지극히 간단하다는 것을 인정하지 않을 수 없다. 기계는 그쪽으로 걸어가는 사람의 키 높이로 설계되어 있다. 마치 누군가를 맞이하러 나가듯 걸어가다가 기계와 맞닥뜨리게 된다. 게다가 그것은 참으로 슬픈 노릇이다. 단두대에 오르는 것은 하늘로 올라가는 것이라고 상상력을 뻗칠 수도 있을 텐데 말이다. 어쨌든 이 체제는 이러한 점까지 모두 짓밟아버리고, 약간의 치욕을 느끼며 아주 정밀한 방식으로 조용히 목숨이 끊어지는 것이다.

그 외에 줄곧 내 머릿속을 떠나지 않는 두 가지가 있었다. 새벽녘과 항소였다. 그러나 나는 순리에 따르며 그러한 생각을 떨쳐버리려고 애썼다. 그리하여 누워서 하늘을 쳐다보며 거기에 몰두하려고 했다. 하늘은 청람색으로 변했다. 저녁이 되었다. 나는 다른 생각을 하려고 애썼다. 내 심장 고동 소리를 느꼈다. 오래전부터 나를 따라다니던 그 소리가 멎는다는 것은 상상할 수도 없었다. 나는 진정한 상상을 해본 적이 없는 것이다. 그러나 내 심장 고동 소리가 느껴지지 않는 때를 상상해보려고 노력했다. 하지만 소용없었다. 새벽녘과 항소가 여전히 머릿속을 떠나지 않았기 때문이다. 급기야 나는 감정을 억누르지 않는 것이 오히려 가장 현명한 행동이라는 것을 깨닫기에 이르렀다.

　그들이 새벽녘에 온다는 것을 나는 알고 있었다. 결국 나는 매일 밤 그 새벽을 기다렸다. 나는 원래 갑작스러운 것을 좋아하지 않는다. 무슨 일이 벌어지든 그것을 지켜보는 게 더 낫다. 그래서 나는 낮에 잠을 자고 밤에는 채광창으로 새벽빛이 밝아 올 때까지 자지 않고 기다리는 것이었다. 무엇보다 괴로운 때는 확실한 것은 아니지만 그들이 오리라고 여기고 있는 그 시각이 었다. 나는 12시가 지나면 으레 어떤 낌새가 있는지 귀를 쫑긋 세우는 것이었다. 일찍이 내 귀가 그처럼 많은 소리를 들어본 적도 없고, 또 그처럼 작은 소리까지 분간해낸 적도 없다. 어찌 보면 그때까지 나는 어지간히 운이 좋은 편이었다. 사람 발소 리 한 번 들은 적이 없었으니 말이다. 엄마는 가끔 사람은 끝없 이 불행해지지는 않는 법이라고 말씀하셨다. 하늘이 밝아오고 내 감방에 새로운 아침이 찾아오면 나는 엄마의 말씀이 옳다는 생각을 했다. 왜냐하면 실제로 발소리를 들을 수도 있었을 것이 고, 그랬다면 내 심장은 터져버렸을 수도 있었을 것이기 때문이 다. 나는 어렴풋이 신발 끄는 듯한 소리만 나도 문 앞으로 달려가 얼빠진 사람처럼 널빤지에 귀를 갖다 댔다. 그러다 개가 헐떡이는 것 같은 내 숨소리를 듣고 소름이 끼치기는 했지만 어쨌든 내 심장은 터져 나가지 않고 또다시 24시간을 얻게 되는 것이었다.

낮에는 줄곧 항소 생각만 했다. 나는 이 생각을 통해 최상의 결론을 끌어냈다고 할 수 있다. 나는 그 효과를 세세하게 헤아려보고 나서 최상의 결론을 얻은 것이었다. 나는 끊임없이 최악의 상황까지 생각해보았는데, 그것은 바로 항소 기각이었다.

"그래, 그렇게 되면 나는 죽는다."

다른 사람보다 빨리 죽는 건 확실하다. 그러나 가치 있는 삶이라는 것도 사실 따지고 보면 별거 아니라는 것은 누구나 알고 있다. 결국 서른 살에 죽든 일흔 살에 죽든 별 차이 없다는 것을 나도 잘 안다. 어쨌든 그 뒤에는 또 다른 남자들과 여자들이 살아갈 것이고, 몇천 년 동안 그럴 것이다. 이보다 더 명백한 사실은 없다. 지금이나 20년 후나 죽는 건 결국 나다. 이러한 추론을 가로막는 것은 향후 20년의 삶을 생각할 때 무섭게 치솟는 갈망이었다. 하지만 그것도 20년 후 같은 상황에 이르렀을 때 내가 어떤 생각을 할지 상상함으로써 억눌러버리면 그만이었다.

어차피 죽는다면 언제 어떻게 죽는지는 중요하지 않다. 그것은 명백한 사실이다. 그러므로(그러나 어려운 일은 이 '그러므로'에 추론의 모든 관점이 포함되어야 한다는 것이었다), 그러므로 나는 항소 기각을 받아들일 수밖에 없었다.

그때, 오직 그때 비로소 나는 두 번째 가정을 생각해볼 권리를 나 스스로에게 허용했다. 두 번째 가정이란 특별사면이었다. 이 경우 힘들었던 점은 엄청난 기쁨으로 내 눈을 찌르는 피와 육신의 격정을 누그러뜨리는 일이었다. 온 힘을 다해 그 기세를 억누르고 이성적으로 따져보아야 한다. 첫 번째 가정에 대한 나의 체념을 합당한 것으로 만들려면, 두 번째 가정에 대해서도 아무렇지 않은 태도를 취해야 한다. 그럴 수 있을 때면 나는 한 시간쯤 마음을 가라앉힐 수 있었다. 이 정도도 대단한 것이었다.

그러한 때에 나는 부속 사제의 면회를 또다시 거절했다. 나는 누운 채로 하늘이 황금빛으로 물드는 것을 보며 여름 저녁이 오고 있음을 느꼈다. 내가 항소를 거부한 직후였는데, 온몸으로 퍼지는 피의 순환이 규칙적으로 이루어지고 있음을 느낄 수 있었다. 나는 굳이 사제를 만날 필요 없었다. 처음으로 오랫동안 나는 마리를 생각했다. 그녀가 나에게 편지를 보내지 않은 지도 꽤 오래되었다. 그날 저녁 가만히 생각해보니 아무래도 그녀는 사형수의 애인 노릇을 하는 데 지친 것 같다는 생각이 들었다. 한편으로는 병이 났거나, 또 어쩌면 죽은 건 아닌가 하는 생각도 들었다. 그럴 수 있는 일이 아닌가. 우리의 육체는 서로 떨어져 있고, 우리 두 사람을 이어주는 것도, 서로를 떠올리게 하는 것도 전혀 없는데, 내가 어떻게 그녀의 사정을 알겠는가. 그때부터 그녀에 대한 추억은 더 이상 나에게 아무 의미 없게 되었다. 그녀가 죽었다면 나는 더 이상 그녀에게 관심을 두지 않을 것이다. 그건 당연한 일이다. 마찬가지로 내가 죽으면 사람들은 더 이상 나를 생각하지 않을 것이다. 사람들은 나와 어떤 관계도 없게 되는 것이다. 심지어 나는 이런 생각을 하기가 괴로운 것도 아니었다.

바로 그때 부속 사제가 들어왔다. 그를 보는 순간 내 몸이 조금 떨렸다. 그것을 알아챈 사제가 겁먹을 것 없다고 말했다. 원래 다른 시간에 오지 않느냐고 내가 물었다. 그러자 그는 이번에는 순수한 우정으로 면회를 온 것이고, 나의 항소와도 상관없고, 그에 대해 자기는 전혀 모른다고 말했다. 그는 침대 머리맡에 앉아 나에게 가까이 오라고 했지만 나는 거절했다. 그러나 그의 태도는 굉장히 부드럽게 느껴졌다.

그는 잠시 고개를 숙이고 무릎에 팔꿈치를 괸 채 두 손을 물끄러미 바라보았다. 가늘고 힘줄이 두드러진 그의 두 손은 날랜 짐승을 떠올리게 했다. 그는 여전히 고개를 숙인 채 천천히 두 손을 비볐다. 한동안 그러고 있는 터에 나는 잠시 그를 잊고 있었던 것 같다. 그러다 그가 갑자기 고개를 들고 나를 쳐다보며 말했다.

"내 면회를 왜 거절하는 것입니까?"

나는 하느님을 믿지 않는다고 대답했다. 그것을 확신하느냐고 하기에 스스로에게 물어볼 필요도 없다고 대답했다. 나에게 그런 것은 중요한 문제가 아니었기 때문이다. 그러자 그는 손바닥을 허벅지에 올리고 몸을 뒤로 젖혀 벽에 기댔다. 그는 나에게 말하는 게 아닌 것처럼 하면서 인간이란 스스로 확신한다고는 하지만 사실은 그렇지 않다고 꼬집었다. 나는 조용히 있었다. 그는 나를 보며 물었다.

"그 점에 대해 어떻게 생각하십니까?"

나는 그럴 수도 있겠다고 대답했다. 하지만 내가 관심 있는 것이 무엇인지는 확신할 수 없을지 모르지만, 내가 관심 없는 것이 무엇인지는 명확하게 확신할 수 있다고 말했다. 그리고 그가 말하는 것은 바로 내 관심 밖의 일이라고 덧붙였다.

그는 자세를 고정한 채 눈길을 돌리고 절망에 빠진 나머지 그러는 것 아니냐고 물었다. 나는 절망에 빠지지 않았다고 말했다. 나는 두려울 뿐인데, 그건 당연한 것 아니냐고 했다. 그러자 그가 말했다.

"그러므로 하느님께서 도움을 주실 겁니다. 내가 만난 사람 중에 당신과 같은 처지에서 하느님께 귀의하지 않은 사람은 없었습니다."

그것은 그들의 권리라고 생각한다고 나는 말했다. 또한 그것은 그들에게 그만큼의 시간이 있었음을 보여주는 것이었다. 하지만 나는 누구의 도움 같은 건 받고 싶지 않고, 관심 없는 일에 신경 쓸 시간이 없었던 것이다.

그때 그는 화가 치솟는 듯 손을 움직였으나 곧 일어나 옷의 주름을 가다듬었다. 그리고 '자네'라고 부르면서 나에게 말을 건넸다. 그는 내가 사형수라서 그런 식으로 말하는 것이 아니라고 했다. 그의 말로는 우리 모두 다 사형수라는 것이었다. 나는 그의 말을 끊고, 그건 다른 경우일 뿐 아니라 나한테는 조금도 위로가 되지 않는 말이라고 했다.

"그렇기는 하지."

그는 내 말에 동의하고 덧붙였다.

"하지만 지금 자네가 죽지 않는다 해도 언젠가는 죽겠지. 그러면 그때도 같은 문제에 봉착하게 될 거네. 그 무시무시한 시련을 어떻게 받아들일 건가?"

나는 지금과 똑같이 받아들일 거라고 말했다.

그러자 그가 일어나더니 마주 보며 똑바로 눈을 맞췄다. 그것은 내가 익히 잘 아는 놀이였다. 나는 종종 에마뉘엘이나 셀레스트와 그 놀이를 했는데, 대부분 그들이 먼저 눈길을 돌렸다. 부속 사제도 그 놀이에 능숙하다는 것을 알 수 있었다. 그의 눈길은 조금도 흔들리지 않았던 것이다. 그러면서 그가 역시나 조금도 흔들림 없는 목소리로 말했다.

"그러니까 아무런 희망도 없이, 오직 죽는다는 생각만 하며 살고 있는 건가?"

"네."

나는 대답했다.

그러자 그가 다시 걸터앉아 고개를 숙였다. 그리고 내가 불쌍하다고 말했다. 그건 인간으로서 도저히 감당할 수 없는 일이라는 것이었다. 나는 곧 짜증이 나고 그가 성가시게 느껴졌다. 이번에는 내가 일어나 창문 밑으로 가서 벽에 어깨를 기댔다. 그가 또다시 나에게 뭔가를 묻는 소리가 들렸는데 귀담아듣지 않았다. 애가 타고 조급한 목소리였다. 그의 감정이 북받쳐 오르는 것을 깨닫고 나는 조금 귀를 기울였다.

그는 나의 항소가 받아들여질 것이라고 확신한다면서, 하지만 내가 짊어지고 있는 죄의 짐을 벗어던져야 한다고 말했다. 그의 말에 따르면 인간의 심판은 중요한 게 아니며, 하느님의 심판이 전부라는 것이었다. 나에게 사형선고를 내린 것은 인간의 심판이라고 내가 지적했다. 그러자 그는 그것으로 죄가 사라지는 것은 아니라고 했다. 나는 무엇이 죄인지 모른다고 했다. 사람들은 단지 내가 죄인이라고만 말했고, 죄인으로서 대가를 치를 것이니 더 이상 나에게 요구할 수 없다고 했다. 그 순간 그가 다시 일어났다. 그러나 감방이 워낙 좁아서 자리를 바꾸고 싶어도 선택의 여지가 없었다. 앉든지 일어서든지 둘 중 하나였다.

나는 바닥을 눈여겨보고 있었다. 그는 내 앞으로 한 걸음 다가섰지만 더 이상 엄두가 나지 않는지 그대로 멈춰 섰다. 그리고 그는 쇠창살 너머로 하늘을 바라보며 말했다.

"잘못 생각하고 있네, 젊은이. 자네에게 그 이상을 요구할 수 있네. 실제로 요구할 것이고."

"무엇을 요구한다는 겁니까?"

"보도록 요구할 거네."

"보다니, 뭘 말입니까?"

사제는 감방을 한 번 둘러보더니 갑자기 맥 빠진 목소리로 대답했다.

"이 모든 돌이 고통의 땀을 흘리고 있네. 나는 그것을 알고 있네. 나는 이것들을 바라보면서 고통을 느끼지 않은 적이 없네. 그러나 나는 자네와 같은 사람들 중에 아무리 참담한 상황에 처한 사람도 이 어두운 돌에서 하느님의 얼굴을 또렷이 보았다는 사실을 알고 있네. 자네가 보도록 요구하는 것은 바로 그 얼굴이네."

나는 조금 기운이 났다. 나는 몇 달 전부터 계속 그 벽을 보고 있다고 말했다. 내가 이것보다 더 잘 아는 것도, 이것을 나보다 더 잘 아는 사람도 이 세상에 없었다. 오래전 나는 거기서 얼굴 하나를 찾고자 했다. 그러나 그것은 태양빛과 정욕의 불꽃이 이글거리는 얼굴이었다. 바로 마리의 얼굴이었다. 나는 그것을 찾고자 했으나 그러지 못했다. 이제는 그것도 다 지난 일이 되었다. 아무튼 나는 땀 흘리는 돌에 무언가 나타나는 것을 본 적이 없었다.

사제는 슬픈 표정으로 나를 보았다. 벽에 등을 바짝 기대고 있었기 때문에 내 이마 위로 햇빛이 비쳤다. 그가 몇 마디 했으나 나는 듣지 못했다. 그러고는 빠른 말투로 한 번 안아봐도 되겠냐고 물었다. 나는 "아뇨."라고 대답했다. 그는 돌아서서 벽으로 다가가더니 손으로 천천히 쓸면서 나지막이 말했다.

"자네는 그렇게도 이 땅을 사랑하나?"

나는 대답하지 않았다.

그는 꽤 오래 돌아서 있었다. 그가 감방에 같이 있는 것 자체가 나는 거슬리고 참을 수 없었다. 혼자 있고 싶으니 그만 나가주면 좋겠다고 말하려는데 갑자기 그가 뒤돌아서서 큰 소리로 외쳤다.

"나는 자네 말을 도무지 믿지 못하겠네. 자네도 분명 다른 삶을 원한 적이 있을 것이네."

나는 물론 그렇다고 대답했다. 하지만 부자가 된다든지 수영을 더 잘한다든지, 입술이 좀더 잘생겼으면 하는 것과 다를 바 없는 것이라고 덧붙였다. 아무래도 상관없는 것이었다. 그런데 그가 내 말을 가로채며, 내가 상상하는 다른 삶이라는 게 어떤 것인지 물었다. 나는 "지금의 삶을 회상할 수 있는 삶이오!"라고 소리치고는 이제 그만하고 싶다고 말했다. 그는 또다시 하느님 얘기를 하려고 했다. 그러나 나는 그에게 다가서면서 마지막으로 한 번 더 나한테는 시간이 별로 없고, 하느님으로 그것을 허비하고 싶지 않다고 말하려고 했다. 그는 화제를 돌리려고, 왜 자기를 '몽페르'('나의 아버지', 신부에 대한 호칭─옮긴이)라고 부르지 않고 '무슈'('씨', 남성에 대한 호칭─옮긴이)라고 부르냐고 물었다. 나는 화가 치밀어 당신은 내 아버지도 아니고 다른 사람들과 한통속이라고 대답했다. 그러자 그가 내 어깨에 손을 얹고 말했다.

"아니네, 젊은이! 나는 자네 편이네. 다만 자네 마음이 어두워서 그것을 보지 못하는 것뿐이네. 자네를 위해 기도하겠네."

왜인지는 알 수 없으나 어쨌든 그때 내 감정이 폭발하고 말았다. 나는 악을 쓰듯이 그에게 욕을 퍼부었고, 기도 따위 집어치우라고 소리쳤다. 나는 그의 사제복을 움켜잡았다. 그리고 희열과 분노가 뒤섞인 울부짖음으로 마음속에 있는 것을 고스란히 그에게 퍼부었다. 그는 확신에 사로잡혀 있다. 그렇지 않나? 그러나 그의 확신이란 여자의 머리털 한 올의 가치도 없다. 그는 죽은 사람처럼 살고 있으니 살아 있다고 확신할 수도 없다. 반면 나는 보기에는 아무것도 없는 것 같지만 나 자신과 모든 것에 대한 확신을 가지고 있다. 그보다 더 강한 확신을. 내 삶과 곧 다가올 죽음에 대한 확신. 그래, 나에게는 그것뿐이다. 하지만 나는 이 사실을 꽉 붙들고 있다. 그것이 나를 붙들고 놓지 않는 것과 마찬가지로. 나는 지금도 정당하며, 언제나 정당하다. 나는 이런 삶을 살았지만 다른 삶을 살 수도 있었을 것이다. 나는 이런 것을 하고 저런 것을 하지 않았다. 어떤 일은 하고 다른 일은 하지 않았다. 그래서 어떻다는 것인가? 나는 마치 나 자신을 정당화하기 위해 지금까지 이 순간만을, 이 이른 새벽을 기다려온 것 같다. 아무것도 중요하지 않다. 그 이유가 무엇인지 나도 잘 알고, 그도 잘 안다. 평생에 걸친 나의 부조리한 삶에는 늘 내 미래의 심연에서 한 줄기 어두운 바람이, 아직 오지 않은 시간을 거슬러 나에게 불어왔다. 그 바람은 이 여정에서, 내가 살아온 세월보다 더 실감 날 것도 없는 시간 속에서, 나에게 주어진 모든 것들을 그저그런 것으로 만들어버렸다. 타인의 죽음, 어머니의 사랑, 그런 것이 나에게 뭐가 중요하단 말인가? 그의 하느님이나 사람들이 선택한 삶과 운명이 뭐가 중요하단 말인가? 단하나의 운명만이 나를, 그와 마찬가지로 스스로 나의 형제라고말하는, 특권을 가진 수많은 사람들을 선택하는데 말이다. 그는알까? 누구나 특권을 가지고 있다는 것을. 이 세상에 특권을 가지지 않은 사람은 없다는 것을. 다른 사람들 또한 언젠가는 선고를 받을 것이다. 그도 마찬가지로 선고받을 것이다. 그가 살인범으로 기소되어 자기 어머니의 장례식 때 눈물을 흘리지 않았다는 이유로 사형에 처해진다고 해서 그게 뭐가 중요하다는말인가? 살라마노의 개나 그의 아내나 가치는 다를 바 없다. 자동인형 같은 키 작은 여자는, 마송의 아내인 파리 여자나, 내가결혼해주기를 바라던 마리처럼 다 같은 죄인이다. 레몽이 그보다 훨씬 더 나은 셀레스트와 마찬가지로 내 친구라는 게 대수인가? 오늘 마리가 또 다른 뫼르소에게 입술을 빼앗긴들 그게 뭐어떤가? 그러므로 그는 알까? 이 사형수는, 내 미래의 심연으로부터…….

그렇게 악을 써대자 나는 숨이 막히는 것 같았다. 어느새 간수들이 달려와 내 손에서 사제를 떼어냈다. 사제는 나를 으르는

162

간수들을 누그러뜨리고 꽤 오랫동안 말없이 나를 바라보았다. 그의 눈에 눈물이 그렁그렁했다. 그리고 마침내 그는 돌아서더니 내 눈앞에서 사라졌다.

그가 나가고 나서 나는 마음의 안정을 되찾았다. 맥이 빠진 나머지 나는 침대에 쓰러지듯 누웠다. 그대로 잠이 든 것 같았다. 눈을 떴을 때 얼굴 위로 별이 보였던 것이다. 자연의 소리가 내 귀에까지 들렸다. 밤의 냄새, 땅의 냄새, 소금 냄새를 맡자 관자놀이가 시원했다. 잠든 여름밤의 놀라운 평화로움이 내 몸속으로 밀물처럼 밀려들었다. 그 깊은 밤의 경계선에서 사이렌이 울렸다. 이제는 영영 나에게 아무 의미 없는 세계로 떠나는 것을 알리는 소리였다.

참으로 오랜만에 엄마 생각을 했다. 엄마가 왜 생의 끝에서 '약혼자'를 두었는지, 왜 새로운 삶을 시작하려 했는지 이해할 수 있을 것 같았다. 그곳, 삶이 조금씩 스러져가는 그곳 양로원에서, 저녁은 서글픈 휴식 시간 같았으리라. 그처럼 죽음을 앞둔 그 시간에 엄마는 해방감을 느꼈고, 모든 것을 다시 살아볼 수 있겠다는 생각이 들었던 게 분명하다. 그 누구에게도 그녀의 죽음을 슬퍼할 권리가 없다. 그리고 나도 모든 것을 다시 살아볼 수 있겠다는 생각이 들었다.

마치 커다란 분노가 나의 번뇌를 씻어내고 희망을 스러지게 한 듯, 나는 신호와 별빛이 가득한 그 밤을 앞에 두고 처음으로 세계의 온화한 무관심에 마음을 열었다. 이 세계가 나와 너무나 닮았고, 마침내 한동기임을 깨닫는 순간 나는 행복했고, 지금도 행복하다고 느꼈다. 모든 것이 이루어졌다고 하기 위해, 내가 혼자임을 덜 느끼기 위해, 마지막으로 내가 바랄 수 있는 오직 한 가지는 사형 집행일에 수많은 사람들이 구경을 나와 증오에 찬 아우성으로 나를 맞아주었으면 하는 것이다.

알베르 카뮈

Albert Camus, 1913. 11. 7~1960. 1. 4

　1913년 당시 프랑스 식민지였던 알제리의 콩스탄틴 현 몽도비에서 포도 농장 관리였던 프랑스계 알제리 이민자 출신 뤼시앵 오귀스트 카뮈와 스페인 혈통의 하녀 카트린 생테스 사이에서 둘째 아들로 태어났다. 다음 해 뤼시앵 카뮈는 가족들이 말라리아에 걸릴 것을 염려해 원래 있던 알제로 돌아가려고 했으나 제1차세계대전이 터지면서 징집되어 참전했다가 9월 마른 전투에서 부상을 입고 10월에 병원에서 사망했다.

　카트린은 남편이 입대하자 아들 둘을 데리고 알제의 동쪽 리옹 가에 있는 친정으로 옮겨갔다. 친정어머니를 비롯해 포도주 통 만드는 일을 하는 귀머거리에 벙어리나 다름없는 남동생 에

티엔, 그리고 카트린과 두 아들은 방 두 칸짜리 집에서 함께 살았다. 카트린은 선천적으로 귀가 잘 들리지 않고 말도 조금 더듬었으며 사고력이 보통 이하인 여자였다. 더구나 스페인 출신으로 프랑스어를 전혀 몰랐던 그녀는 쥐꼬리만 한 연금과 가정부 일을 하면서 번 돈으로 힘들게 아이들을 키웠다. 카뮈는 빈곤한 어린 시절을 떠올리면서 "나는 마르크스를 통해 자유를 배운 것이 아니다. 나는 가난을 통해 자유를 배웠다."고 술회했다. 1921년(8세) 카트린은 가족들을 데리고 결혼해서 처음 정착했던 알제의 빈민가 벨쿠르로 옮겨갔다.

카뮈는 1918년부터 1923년(10세)까지 동네의 공립학교에서 초등교육을 받았는데 2학년 담임이었던 루이 제르맹이 뛰어난 재능을 가진 그를 아껴 중고등부 장학생 시험을 대비해 특별히 개인 지도를 해주었다. 알제리 하층민들은 보통 초등교육을 받은 뒤 노동자로 나서게 마련인데 빈민가에 살았던 카뮈가 중등교육을 받을 수 있었던 것은 그의 재능을 일찍이 알아본 스승의 덕택이라고 할 수 있다. 카뮈는 1957년 노벨 문학상 수상 연설이 책으로 출판되자 이것을 스승 루이 제르맹에게 바쳤다.

1924년(11세) 카뮈는 알제의 그랑리세(당시 명칭. 고등학교)에 장학

생으로 입학했다. 고등학교 생활을 하면서 그는 자신의 가난을 더욱 절감하게 되었고, 학생 대부분이 백인이고 아랍인은 드물었던 이 학교에서 축구팀 골키퍼로 활약하며 아랍인 친구들과 교류했다. 1930년(17세) 대학입학자격시험(바칼로레아)에 합격해 철학반으로 진급했다. 카뮈는 철학자이자 교수였던 장 그르니에에게 큰 영향을 받아 철학과 문학에 뜻을 두게 되었는데, 이 스승과 제자의 인연은 평생 동안 이어졌다. 나중에 카뮈는 장 그르니에의 에세이집《섬》의 서문을 쓰기도 했다. 대학 축구팀 골키퍼로 활약하던 카뮈는 그해에 폐결핵으로 쓰러지면서 찬양하다시피 좋아하던 축구를 그만두어야 했고, 이 지병은 향후 대학 생활은 물론 그의 진로에도 큰 지장을 주었다.

1931년(18세) 이모부 아코의 집으로 옮겨가서 폐결핵 치료를 받다가 알제의 여러 곳을 전전하며 생활했다. 1932년(19세) 학업을 계속하면서 학생 문예지 〈쉬드〉에 산문들을 발표하기 시작했고, 그랑제콜(최고 인재를 양성하기 위한 엘리트 고등교육기관) 준비반에 들어가 문학 교사 폴 마티외와 친분을 나누기도 했다.

알제 대학 시절 장학금을 받기는 했으나 생활비는 스스로 마련해야 했던 카뮈는 여름철이면 시내 철물점이나 바닷가 선박 회사에서 일하며 돈을 벌었다. 이때의 경험은《이방인》의 주인 공 뫼르소의 직업으로 투영되었다. 힘들고 바쁘게 보내는 중에 도 카뮈는 앙드레 지드, 앙드레 말로 등 많은 작가들의 작품을 탐독했고, 특히 지드를 높이 평가했다.

1933년(20세) 1월 독일에서 히틀러가 권력을 장악하자 반파 시스트 조직에 가담해 활동하기 시작했고, 6월 이모부 집을 나 와 형 뤼시앵의 집으로 들어갔다. 지병인 폐결핵으로 인해 고등 사범학교 입시를 포기하고 알제 대학교 문과대학에서 계속 수 학했다. 12월 앙드레 말로의《인간의 조건》이 콩쿠르상을 수상 했는데, 이 작품을 비롯해 말러의 모든 작품이 카뮈에게 영향을 미쳤다.

1934년(21세) 친구 막스 폴 푸셰의 소개로 만난 알제의 유명 안과 의사의 딸 시몬 이에와 결혼했으나 얼마 안 있어 두 사람 사이가 틀어졌다. 더 이상 장학금을 받지 못하게 된 카뮈는 가 정교사 일과 알제 도청의 자동차 면허증 교부처에서 일하면서 기자가 되려고 자리를 알아보기도 했다.

1935년(22세)《표리(表裏)》를 집필하면서 6월 철학 학사 학위를 취득했다. 장 그르니에의 설득으로 지구 공산당에 입당해 회교도에 대한 선전을 맡았지만 곧 당의 정책이 바뀌자 싫증을 느끼고 탈당했다. 연극 활동에도 적극적이었던 카뮈는 그해 가을 친구들과 함께 '노동극단'을 창단해 배우와 연출을 맡으면서 말로와 도스토예프스키의 작품을 각색하기도 했다. 이때 정치극 〈아스투리아스 반란〉을 잔폴 시카르와 공동 집필했다.

1936년(23세) 5월 논문 〈기독교적 형이상학과 신플라톤 철학 : 플로티노스와 성 아우구스티누스〉로 디플롬 데튀드 쉬페리외르(D.E.S., 교수자격시험 응시 자격증)를 취득했다. 7월과 8월에는 아내와 친구와 함께 잘츠부르크, 프라하, 빈을 비롯해 이탈리아 지역을 여행했다. 여행 중에 모르핀 중독자였던 아내 시몬에게 마약을 공급해주는 의사가 그녀의 정부라는 것을 알고 9월에 알제로 돌아와 이혼했다.

1937년(24세) 노동극단 활동을 계속하면서 알제 문화원을 세워 강연 등을 하며 조직을 이끌어나갔고, 장 그르니에에게 헌정된 산문집 《표리》가 샤를로 출판사에서 발간되었다. 폐결핵을 치료하기 위해 알제를 떠나 파리와 알프스 등지에 체류했으며, 노동극단을 해체하고 '에키프 극단'을 조직했다.

1938년(25세) 인생과 자연의 결합을 주제로 한 산문집 《결혼》

을 완성했다(1939년 출간). 알제의 강렬한 풍경을 그린 이 작품과 더불어 《표리》에서는 카뮈의 지중해적인 사상과 감정을 엿볼 수 있다. 이해부터 훗날 《이방인》을 구성하게 될 단편적인 글들을 써나가기 시작했다. 한편 에키프 극단에서 도스토예프스키의 《카라마조프의 형제들》을 무대에 올리게 되었는데, 카뮈는 이반 카라마조프 역을 맡기도 했다. 10월 폐결핵으로 인해 신체검사에서 부적격 판정을 받고 철학 교수 자격시험을 포기할 수밖에 없었다. 당시에는 건강하지 않으면 대학 교수가 될 수 없었기 때문이다. 카뮈는 파스칼 피아의 추천으로 극좌파 기관지 일간 〈알제 레퓌블리캥〉의 편집기자로 활동하면서 기사와 더불어 장폴 사르트르, 앙드레 지드, 앙리 드 몽테블랑의 작품에 대한 서평을 기고하는 한편 카프카에 대한 연구 논문을 완성했고, 알제를 방문한 앙드레 말로와 처음 만남을 가지기도 했다. 카뮈는 기자 생활을 하는 중에도 극단 활동을 쉬지 않았다. 1939년(26세) 제2차세계대전이 발발하자 그는 입대를 지원했으나 건강상 이유로 받아들여지지 않았다.

1940년(27세) 들어서자마자 당국의 검열로 〈알제 레퓌블리캥〉의 발행이 금지되었고, 실직을 한 카뮈는 다시 철학 가정교사를 하다가 파스칼 피아의 추천으로 〈파리 수아르〉의 편집부에 들어갔다. 그는 파리의 허름한 호텔을 전전하며 낮에는 신문사에서 일하고 밤에는 집필에 몰두해 그해 5월 《이방인》을 탈고했다. 그리고 6월 독일군의 파리 점령이 임박하자 카뮈는 신문사 사람들과 함께 보르도와 리옹 등으로 피난을 갔다. 그해 11월에 3년 전 알제리 오랑에서 처음 만난 수학교사 프랑신 포르와 리옹에서 결혼했고, 〈파리 수아르〉의 감원으로 해고된 카뮈는 아내와 함께 오랑으로 돌아가 궁핍한 생활을 했다.

1941년(28세) 에세이 《시지프의 신화》(1942년 출간)를 탈고했고, 《이방인》을 장 그르니에에게 보여주었으나 그르니에는 큰 반응을 보이지 않았다. 카뮈는 불편한 몸으로 어렵게 알제로 옮겨갔다. 《이방인》을 읽은 파스칼 피아와 말로는 열광적인 반응을 보였고, 이들 덕분에 갈리마르 출판사 편집위원회가 《이방인》의 출간을 검토하기에 이르렀다. 한편 당시 알제리에 티푸스가 창궐하자 나중에 완성하게 될 《페스트》의 역사적 자료를 수집하기 시작했다.

1942년(29세) 카뮈는 다시 오랑으로 돌아갔고, 그해 5월 19일 《이방인》이 갈리마르 출판사에서 출간되는 한편, 말로, 지드, 사르트르, 시몬 드 보부아르 등과 만나 친분을 쌓기 시작했다.

제2차세계대전 중 독일군 점령하에서 비밀리에 출간된《이방인》은 전후에 발표된 어떤 작품보다 큰 반향을 불러일으켰다. 현대사회의 모순과 현대인의 부조리한 감정을 가장 명확하게 표현한《이방인》과 부조리에 대해 해설한 시론《시지프의 신화》(부제: '부조리에 관한 시론')로 카뮈는 일약 국제적인 명성을 얻었다.

어린 시절부터 가난과 지병(폐결핵)에 시달리면서 끊임없이 죽음의 위협을 받으며 살아온 카뮈는 삶과 죽음, 자신과 세계의 모순과 대립에 괴로워했다. 자연을 즐기며 살 때도 기쁨과 동시에 불안을 느끼고, 사회에서는 절망을 느끼면서도 끊임없이 행복을 추구하는 부조리한 의식에 사로잡혀 있었던 것이다. 그러나 카뮈는 인간과 세계, 삶의 의의와 현대사회의 불합리한 관계 속에서 무의미한 삶을 살 수밖에 없는 것이 인간의 운명이지만, 그 속에서 비참함을 느끼기보다는 맞서 싸우고 반항하면서 행복을 느껴야 하며, 죽음이 있기 때문에 삶의 가치가 있고, 삶의 절망 없이는 삶의 희망도 없다고 하는 '부조리 철학'을 역설했다. 영원히 커다란 바위를 산꼭대기까지 밀어 올리는 형벌을 받은 시지프, 모든 것을 거부하고 사형을 받아들인《이방인》의 뫼르소는 카뮈가 창조한 부조리 인간의 전형이라고 할 수 있다.

이러한 부조리 철학은 인간성을 빼앗고 인간의 존엄성을 해치는 전쟁이라는 극한 상황에서 더욱 다듬어지면서 카뮈는 저항운동에 가담하게 되었다. 1943년(30세) 파리에 체류하면서 레지스탕스(비밀지하조직) 콩바(Combat, '전투')와 접촉하고 파스칼 피아가 편집장으로 있던 레지스탕스 기관지 〈콩바〉의 주필로 활동하는 한편 갈리마르 출판사의 편집위원으로 임명되었다. 그러면서 독일인의 편협한 애국심을 날카롭게 비판한 〈독일인에게 보내는 편지〉 4편을 비밀리에 발표했다.

1944년(31세) 희곡 《오해》와 《칼리굴라》가 한 권으로 묶여 갈리마르 출판사에서 발간되었다. 《오해》는 그리 큰 성공을 거두지 못했으나 1945년(32세) 제라르 필리프가 주연을 맡아 공연한 《칼리굴라》가 대성공을 거둠으로써 희곡 작가로서의 재능도 인정받았다. 이해에 카뮈는 갈리마르 출판사의 '희망' 총서 편집 책임자가 되었고, 《독일인에게 보내는 편지》가 갈리마르 출판사에서 출간되었다. 9월에는 프랑신과의 사이에서 쌍둥이 남매가 태어났다.

1947년(34세) 〈콩바〉지의 내분으로 손을 뗐고, 6월에 장편소설

《페스트》가 갈리마르 출판사에서 출간되었다. 이 작품은 《이방인》 이상으로 카뮈의 명성을 높여주었을 뿐 아니라, 상업적으로 성공한 첫 작품으로 출간 후 3개월여 만에 9만 부 넘게 판매되었다. 또한 《페스트》로 카뮈는 '비평가상'을 수상했는데, 이 작품 때문에 이 상이 유명해질 거라는 말이 나올 정도로 사람들은 열광적인 반응을 보였다. 《페스트》는 인간 사회의 부조리를 인식하는 것을 넘어서서 인간을 멸종시키려 드는 악에 맞서 싸우는 것을 비유적으로 다뤘으며 카뮈의 적극적인 태도가 반영되기 시작한 작품이다.

전쟁에서의 대량 학살과 사형제도를 적극적으로 반대했던 카뮈는 《페스트》에서 인간 사회의 부조리에 대한 집단의 저항을 다루고 있다. 페스트 전염에 맞서 싸우는 것은 점령군에 대한 저항을 비유한 것으로, 페스트가 창궐해 봉쇄된 도시는 독일군에 점령된 파리를, 사람들이 페스트와 싸우다 죽어가는 것은 저항운동을 떠올리게 한다. 이러한 비유는 각 나라의 비슷한 상황과 맞아떨어지면서 소설에서 그려진 연대감과 희생정신이 큰 감동을 불러일으켰고, 카뮈는 전후 세대의 정신적 지주로 떠올랐다. 1948년(35세)에 집필한 희곡 《계엄령》은 《페스트》의 주제를 극화한 것이다.

1949년(36세) 6월 말 남아메리카 지역으로 순회강연을 떠났다가 건강을 해친 카뮈는 8월 말 폐질환이 악화된 상태에서 프랑스로 돌아왔다. 요양을 떠나 있는 동안《정의의 사람들》(1950년 출간)을 완성했고, 이 작품은 그해 말 무대에 올려졌다.

1951년(38세) 가족과 함께 파리에 체류하면서 집필한 시론《반항하는 인간》이 10월에 갈리마르 출판사에서 출간되었다. 여기에서 그가 주장한 반항은 혁명적인 행동이 아니라 점진적 개혁이며, 비폭력과 중용으로 끈질기게 저항하는 것을 말한다. 혁명가는 권력을 좇은 나머지 종국에는 독재자가 되지만 반항하는 인간은 끊임없이 정의와 인간성을 추구한다는 것이다. 즉 내일의 정의를 위해 오늘의 부정을 용납하지 않는 것이 바로 그의 기본적인 정신이다. 카뮈는 신을 절대시함으로써 인간의 자유와 희망을 꺾는 것을 반대했고, 그와 마찬가지로 역사를 절대시하는 마르크시즘, 자신을 절대시하는 나르시시즘도 반대했다.

《정의의 사람들》에 등장하는 테러리스트는 목적을 달성하기 위해 수단과 방법을 가리지 않는 혁명가들과는 달리 폭군을 처단할 경우에도 선량한 사람들이 희생될 위험이 있으면 그 계획을 단념하는데, 프랑시스 장송이 사르트르가 발행하는 잡지《르탕 모데른》('현대'라는 뜻)에서 그와 같은 반항은 소극적인 태도이자 자기기만이라고 비판하는 서평을 실었다. 이를 계기로 카뮈와 사르트르(실존주의의 대표적 사상가) 사이에 사상 및 정치적인 논쟁이 벌어져 10년의 우정이 깨지고 말았다. 카뮈는 세상 사람들과 매스컴이 자신을 실존주의자라고 보는 것에 반대하며 "실존주의가 끝난 데서부터 나는 출발한다."고 말한 점으로 보아 사르트르와의 논쟁과 절교는 의외의 사건이 아니라고 할 수 있다.

격렬한 논쟁 후 카뮈는 희곡 각색을 하면서 인간에 대한 폭력에 저항하는 운동을 적극적으로 펼쳤다. 1953년 동베를린에서의 노동자 폭동에 대한 공산당의 무력 진압, 북아프리카인 시위대에 대한 프랑스 경찰의 폭행, 1956년 10월 부다페스트 소요사태에 대한 소련군 진주 등에 공식적으로 항의했고, 1954년에는 7명의 튀니지인 사형수에 대한 구명 운동에 서명하고 대통령에게 호소하기도 했다. 그러나 카뮈를 가장 힘들게 했던 것은 1954년 발발한 알제리 독립전쟁(1963년 알제리 독립이 이루어졌다)이었다. 그는 "나에게 그것은 개인적인 불행이다."라고 할 정도로 괴로워했다. 알제리 태생의 프랑스인으로 알제리를 열렬히 사랑했던 카뮈는 그곳에 사는 프랑스인이나 아랍인 모두를 친구로 여겼다. 카뮈는 가난과 멸시, 부당한 처우 등에 대한 아랍인들의 저항을 인정했으나 자신이 《반항하는 인간》에서 주장한 절도와 중용을 내세워 정치적 발언을 삼갔다. 자신을 '알제리인'이라고 굳게 믿은 카뮈는 식민지 통합이나 독립국가 건설 양쪽을 다 반대하는 모호한 태도를 취하면서 알제리의 프랑스인과 아랍인, 프랑스의 좌파와 우파 모두에게 비난을 받았으며, 그는 죽을 때까지 이 악몽에 시달렸다.

1956년(43세) 4년간의 침묵을 깨고 부조리와 원죄의식을 통한 인간의 실존을 보여주는 《전락》을 발표했다. 소설가로서 가장 원숙기에 쓰여진 《전락》에 대해 사르트르는 걸작이라는 찬사를 보냈다. 카뮈는 많은 소설, 희곡, 수필집을 발표하면서 사르트르와 더불어 실존주의 문학의 대표 작가가 되었다.

1957년(44세) 10월 "인간의 의식에 대한 모든 문제에 빛을 던지는 전 작품"에 대해 노벨 문학상 수상이 결정되었다. 역대 노벨 문학상 수상자 중 최연소였고, 프랑스 작가로는 아홉 번째 수상이었다. 그해 12월 있었던 수상 연설에서 카뮈는 "나는 나의 예술 없이 살아갈 수 없다. 그것이 나에게 필요한 이유는, 그것이 나를 어느 누구와도 구별하지 않고, 다른 모든 사람들과 똑같이 살 수 있게 해주기 때문이다."라고 말했다.

1959년(46세) 카뮈는 프로방스 지방 루르마랭의 자기 소유 시골집에 머물면서 꽤 오래전부터 구상해온 자전적 소설 《최초의 인간》을 본격적으로 집필하기 시작했다. 1960년(47세) 1월 4일 카뮈는 친구 미셸 갈리마르가 운전하는 차에 함께 타고 파리로 향했는데, 몽트로 부근 빌블르뱅에서 자동차가 미끄러지면서 도로를 이탈해 가로수를 들이받았다. 이 불의의 교통사고로 카뮈는 그 자리에서 죽었고, 이때 그의 윗옷 주머니에는 파리행 기차표가 들어 있었다. 카뮈는 원래 루르마랭에서 크리스마스 연휴를 보내고 가족과 함께 기차를 타고 파리로 돌아올 예정이었으나 갑자기 찾아온 친구의 권유로 가족들만 기차로 보내고 자신은 친구의 차에 동승했던 것이다. 미셸 갈리마르는 사고가 나고 5일 뒤에 죽었다. 평소 카뮈는 "어린아이의 죽음보다 더 분노할 만한 것은 없고, 자동차 사고로 죽는 것보다 더 부조리한 것은 없다."고 말하곤 했다. 알베르 카뮈의 시신은 루르마랭 공동묘지에 묻혔다.

카뮈에게 일약 세계적인 명성을 안겨준 《이방인》이 탈고된 것은 1940년이었으나 꽤 오래전부터 구상한 것으로 보인다. 그가 1935년부터 쓰기 시작한 〈작가 수첩〉에 이미 《이방인》과 관련된 단편적인 글들이 등장했던 것이다. 1935년 기록에는 '몇 해에 걸쳐 비참하게 살아온 아들이 어머니를 바라보면서 느끼는 묘한 감정'이 적혀 있고, 1936년에는 사형수의 이야기와 한두 부분이 대칭을 이루는 소설이 구상되었음을 알 수 있는 대목이 있으며, 1938년에는 양로원에서 죽은 노파의 장례식에 관한 이야기가 나온다. 1937년부터 구상하기 시작해 다음 해에 초벌 원고가 완성되었지만 1971년 사후에 발표된 습작 《행복한 죽음》의 주인공이 바로 메르소였고, 이 작품에 무심한 주인공과 살인 등 《이방인》의 구성과 주제를 떠올리게 하는 대목들이 등장한다.

도시의 변두리에서 혼자 외롭게 살아가는 평범한 회사원 뫼르소는 어느 날 마랭고 양로원에 있는 어머니가 돌아가셨다는 전보를 받고 장례식에 참석한다. 피곤하고 불편한 기분으로 어머니의 장례를 치르고 돌아온 다음 날 뫼르소는 바닷가에 나갔다가 같은 회사에 다닌 적 있는 마리라는 여자를 만난다. 서로 호감을 느끼고 있던 두 사람은 함께 해수욕을 즐기고 희극 영화를 보고, 함께 집으로 돌아와 하룻밤을 보낸다. 한편 뫼르소는 옆집에 사는 레몽이라는 사내가 정부와 다툼을 벌일 때 그의 부탁을 들어주면서 가깝게 지낸다.

그러던 어느 일요일 뫼르소와 레몽은 함께 바닷가에 나갔다가 아랍인 둘과 한바탕 몸싸움을 벌인다. 이 아랍인은 레몽의 정부였던 여자의 오빠로 자기 여동생을 폭행한 것에 대해 앙심을 품고 레몽을 따라다녔던 것이다. 그리고 혼자 바람을 쐬러 바닷가로 다시 나온 뫼르소는 숨 막힐 듯 내리쬐는 햇빛에 비틀거리며 샘가로 걸어갔다가 레몽을 칼로 찌른 아랍인과 또다시 마주친다. 서로 대치한 상태에서 뫼르소는 권총을 꺼내 그 아랍인을 향해 먼저 한 발 쏘고, 이어서 네 발을 연달아 쏜다.

뫼르소는 살인죄로 체포되어 11개월간의 예심을 거치고 재판을 받는다. 예심 기간 동안 뫼르소는 시종일관 무덤덤한 태도를 보인다. 검사 측은 뫼르소의 이러한 태도를 도덕적 양심이 결여된 것으로 보고, 그 핵심 증거로 제시되는 것이 바로 뫼르소가 어머니를 양로원에 보내고 또 그 어머니의 장례식에서 냉정한 태도를 보였다는 점이다. 검사는 어머니의 장례식에서 눈물을 흘리지 않고 그다음 날 여자와 관계를 가졌다는 사실이 범죄적 심리의 증거가 되고, 따라서 우발적 살인이 아니라 계획적 살인이라고 주장한다. 급기야 뫼르소의 변호사는 "어머니의 장례를 치른 일로 기소된 것입니까, 아니면 살인으로 기소된 것입니까?"라고 소리친다.

자신의 범죄행위보다 어머니의 장례식에 보인 자신의 태도에 초점이 맞춰지는 재판 과정을 지켜보면서 뫼르소는 자신의 운명에 더욱 무덤덤해지고, 검사가 사형을 요구하는 가운데 마지막 진술에서 왜 죽였냐는 질문에 '태양 때문이었다'고 말한다. 참수형을 선고받고 나서 뫼르소는 항소도 포기하고 부속 사제의 면회도 거절한 채 독방에서 고독하게 사형 집행일을 기다린다. 결국 모든 분노와 고뇌와 희망마저 사라진 상태에서 뫼르소는 별빛 가득한 밤하늘을 보며 자신에게 무관심한 이 세계가 삶에 대해 무관심한 자신과 닮았다는 것을 느끼는 순간 자신은 행복했고 지금도 행복하다고 여긴다. 그리고 자신이 외롭지 않도록 사형 집행일에 구경꾼들이 몰려와 증오에 찬 아우성으로 자신을 맞아주기를 바라며 마지막 밤을 보낸다.

카뮈 자신이 "이 책은 두 이야기의 대칭에 의미가 있다."고 말했듯이, 《이방인》은 제1부와 제2부가 대칭을 이루고 있다. 즉 제1부에서 뫼르소는 자신의 일상, 어머니와의 관계, 살인에 이르기까지의 과정을 무심한 시각으로 이야기한다. 그러나 제2부에서는 제1부에서 나타난 상황들이 사회통념과 도덕적 원칙, 검사, 사법부의 시각에서 살인의 동기로 새롭게 해석된다.

어머니 장례식 때 어머니의 시신을 보려고 하지 않고, 빈소에서 담배를 피우고, 눈물을 흘리지 않으며, 장례식 다음 날 여자와 해수욕을 하고 관계를 가지는 태도는 도덕성 결여와 범죄적 심리로 해석된다. 무심코 레몽의 부탁을 들어준 일은 그와의 공범 행위로, 바람을 쐬러 바닷가로 나갔다가 찍어 누르듯이 내리쬐는 햇빛 때문에 눈앞이 아물거리고 머리가 몽롱한 상태에서 아랍인에게 총을 쏜 우발적인 사건은 친구의 치정 사건을 매듭짓기 위한 계획적인 살인으로 둔갑한다. 검사의 입장에서는 뫼르소가 어머니의 장례식 때 보인 감정적 태도와 장례식 직후의 행동은 사회를 위험에 빠뜨릴 만하다고 판단되었던 것이다. 뫼르소는 자신의 사건과 아무 상관이 없고 살인을 할 의도도 없었다고 말하지만 재판장과 검사, 배심원들은 조금도 이해해주지 않는다. 그렇게 뫼르소는 자신의 재판에서조차 제외되고, 그 자신도 이 부조리한 재판에 더 이상 관심을 두지 않으면서 철저하게 '이방인'이 된다.

뫼르소는 사회와 타인, 심지어 자기 자신에게도 무관심한 인물이다. 그에게는 결혼이나 회사에서의 승진도 아무 의미 없고, 자신이 파리에 살든 알제에 살든 별반 다를 게 없다고 생각하며, 자신의 감정이나 행동에도 큰 의미를 두지 않는다. 어머니의 나이를 정확히 모르고, 레몽의 불순한 부탁도 거절할 필요를 느끼지 못하며, 여자 친구의 청혼에도 결혼해도 좋고 하지 않아도 상관없다고 생각한다. 그는 또한 사회가 자신에게 요구하는 감정적 반응과 행동에도 무관심하다. 사회는 당연히 어머니의 장례식에 눈물을 보이고 한동안 근신하며, 승진하려고 노력하는 모습을 보이기를 요구한다.

뫼르소는 자신이 별 의미 없이 했던 행동과 우연히 일어난 사건이 사법체계라는 틀 속에서 인과관계를 띤 필연적인 사건으로 둔갑하는 것을 보고 인간과 인간이 처한 상황 사이에 나타나는 부조리를 의식하고 그에 반항하는 것이다.

카뮈는 인간이 존재하는 것 자체를 모순적인 것으로 보았다. 즉 인간의 자연스러운 감정과 현실적으로 요구되는 감정이 서로 일치하지 않고, 현대 생활에서 삶의 의미를 찾을 수 없다는 것이다. 카뮈의 이런 부조리 철학이 가장 통찰력 있고 신랄하게 묘사된 것이 바로 《이방인》이다. 사르트르는 《이방인》에 대해 이렇게 말했다.

"《이방인》은 부조리에 관해, 부조리에 반항해 쓰여진 작품이다.……얼핏 무질서하게 보이지만 짜임새 있고, '인간적'인 면에서 심오한 경지에 이른 작품이다."

전 세계가 정신적으로나 사회적으로 극히 혼란스럽고, 인간의 가치관이 급락하고 생명이 경시되던 제2차세계대전 시기에 발표된 《이방인》은 현실의 부조리에 직면한 인간의 비극적이고 인간적인 모습을 보여줌으로써 실존주의 문학의 승리를 상징하며 전 세계적으로 실존주의 작품의 신풍을 불러일으켰다.